落ちこぼれぼっちテイマーは諦めません 2

AUTHOR
たゆ

ILLUSTRATION
スズキイオリ

ブランデルホルスト
竜の牙から生まれた
かっこいい鎧の魔物。
ローズ
可愛い植物の魔物。
見た目に反して、
かなりの武闘派。
ルフト
パーティを組めず、
いつもぼっちで行動している
“テイマー”の少年。
なぜか魔物には好かれがち。

登場人物紹介

ドングリ
真っ白な耳が特徴的。
進化して狼の魔物になった。
フローラルシャワー
キンギョソウという花の妖精。
全身鎧のおじいさん騎士。
レモンクィーン
ヘリアンサスという花の妖精。
ルフトを慕うあまり、
時には過激な発言も……？
アケビ
ドングリの娘(?)。
ルフトにじゃれるのが大好き。

第一章　小人の町

僕、ルフトはテイマーである。つい最近までは一匹も従魔《じゅうま》がいない、ぽんこつ冒険者。

そもそもテイマーという神様から与えられたクラスそのものが、世間的には役立たずと言われている。

さらに、過去の記憶を失っており、僕が冒険者になったカスターニャという町に来る以前のことは何も覚えていない。

大切なことまで忘れているような気がするのだけど、何も思い出せないのだ。

仲間も記憶もない孤独な僕だったが、カスターニャに来て一年くらい経った頃から、急に魔物の仲間が増え始めた。

植物の妖精であるフローラルとレモンに、シロミミコヨーテのアケビとドングリ。

コボルトのテリアとボロニーズ、アルミラージというウサギの魔物のレッキスなんていうのもいる。

そうそう、色とりどりのスライムたちも忘れちゃいけない。ブルーさん、レッドさん、グリーンさん、ちょっとレアな白スライムのホワイトさん。

それに、先日成体になったアルラウネという花の魔物、ローズ。

こうして仲間を増やした僕は、まだまだ半人前ではあるものの、町に危険をもたらす可能性のあったゴブリンを殲滅するなど、順調に冒険者生活を送っていた。

だがあるとき、冒険者パーティ〝爆炎《ばくえん》の槍《やり》〟のメンバーにあることないこと噂《うわさ》を立てられ、結局冒険者たちから嫌われてしまいぼっちに逆戻り。

冒険者ギルドはほとぼりが冷めるまで僕を町から遠ざけた方がいいと判断。一年に及ぶ〝大樹海の西に広がる未開の地探索任務〟という長期依頼を僕に出した。

そこで僕は、百年以上誰も見つけられなかった新ダンジョンや、幻《まぼろし》の魔物、恐竜種の生息地を発見。

現在は〝未開の地〟の探索を続けているところだった。

✿

アリツィオ大樹海にいる僕らは、ここ数日新ダンジョンを探索しつつ、動く唐揚《からあ》げこと、カエルの魔物ジャイアントトードを狩っていた。

なぜジャイアントトードを動く唐揚げと呼んでいるのかというと、肉質が鳥に似ていて、唐揚げにぴったりだからだ。

(お父様、このカエル、気持ち悪いですわ)

ローズが念話で話しかけてくる。

文句を言いながらもローズは〝ポールウェポン・スコーピオン〟と呼ばれる奇妙な穂先《ほさき》の槍を振り回し、ジャイアントトードを蹴散《けち》らしていく。

僕はそんなローズに呆れつつ言う。

「ローズ、僕たちにも少しは獲物《えもの》を回してよ。みんな退屈しているんだから」

僕は成体になるまでのローズを、テイマーだけが使える魔法空間、従魔《じゅうま》の住処《すみか》の外に出さなかった。

その反動なのか、彼女は、遭遇《そうぐう》するジャイアントトードをほぼ単独で倒している。

最初は仕方ないと思ったんだけど……こう毎日だとさすがに他の従魔たちも退屈なようで、自分も動きたい、狩りをしたいと不平不満を漏《も》らし始めたのだ。

(わかりましたわ。お父様のご命令であれば仕方ありませんわ)

僕のお願いに、ローズは頬っぺたを膨《ふく》らませながらも渋々《しぶしぶ》了承し、みんなで代わる代わるジャイアントトードを狩ることになった。

「みんなー、三匹倒したら交代だからね」

ちなみに今日の狩りのメンバーは、僕とテリア、アケビ、レッキス、レッドさん、鍛冶《かじ》が得意な妖精ニュトンたち五匹に、ローズを加えた合計十一名のチームだ。

僕らも大所帯になったものだ。毎回狩りに行くときにはみんな来たがるから、メンバー選びも大変である。

ローズに関しては、成体になったばかりだし、多少のわがままは許しているんだけど……そろそろ良いことと悪いことの区別を教えていかないとな。

みんながジャイアントトードの相手をする中、僕は少し離れたところで森の植物をノートにスケッチしていた。

そのとき、どこからか声が聞こえてくる。

「おいおい、そこのそこの」

「こっちじゃこっちじゃ」

「後ろ後ろ」

スケッチに没頭《ぼっとう》する僕に話しかける謎《なぞ》の声。

魔物が多く棲《す》む、ここアリツィオ大樹海の中でも、このあたりは人里から離れた〝未開の地〟と呼ばれる場所だ。

（そんなところで人の声……普通じゃないよね……）

敵意に敏感《びんかん》なアケビも反応していない。でも面倒な予感しかしないし、ここはあえて無視だ！

「おい、聞こえているんじゃろー。後ろじゃ、頼むから振り向いてくれー」

やばいな……声がどんどん近づいてくる。足音がほとんど聞こえないのは、スキルか何かを使っているんだろうか？

（お父様？　後ろに変なのがいますけど？）

ローズがそう言って僕の袖《そで》を引っ張った。

「いや、気にしなくていいというか……なんか嫌な予感しかしなくて、関わりたくないというか……」

僕は思わず口ごもる。

しかし、声の主がすぐ後ろまで来てしまったらさすがに無視できなかった。

僕は諦《あきら》めて振り向く。

そこにいたのは、身長四十センチほどの赤いとんがり帽子を被った謎の生き物だった。しかも三匹。

見た目はニュトンたちに近い。

それぞれ赤、青、緑の、体にぴたりと張り付く全身タイツを着て、三匹とも白い髭《ひげ》をもっさり生やしたおじいさんだった。

小人だろうか？

目の前の三匹は、絵本に出てくる小人そのものって感じだ。

「あの、僕らに何かご用でしょうか？」

僕が恐る恐る問いかけると――

「おーやっと振り向いたか！　遅いぞ、遅いぞ」

「呼んだら早く返事をしろ。常識じゃろー。最近の若いもんときたら」

赤と緑の小人が、ブツブツと文句を言った。

小人たちの態度にキレたローズが、怖い顔でスコーピオンを彼らに向ける。

(お父様に向かってその口のきき方、殺してくれってことですわね)

即座に青の小人が頭を下げる。

「すまん、許してくれ、この通りじゃ」

三匹の小人たちは青い顔で身を寄せ合い、ブルブルと震え出した。しかも、お互いがお互いをローズに差し出そうと押し合い始める始末。

悪い小人ではなさそうだけど……

僕はそろそろいいだろうと、ローズに槍を引くように伝えた。そうして目線を合わせるためにしゃがむと、小人たちに話しかける。

「もう一度聞きます。何かご用ですか？」

「うーん、その怖いのはなんじゃ？」

赤い小人はそう言って、ローズを〝怖いの〟呼ばわりした。これには正直カチンとくる。

「僕の大切な家族です。で、用はなんでしょうか？　質問に答えてくださらないなら、本気で怒りますよ」

僕は、少しだけ語気《ごき》を強めて小人に言った。

ローズが〝お父様、そんな大切だなんて……ローズもお父様が大切です。というより大好き……〟などと伝えてくるが……

申し訳ないが、今はスルーだ。

「すまんの、カエルが美味《うま》そうだったのじゃ」

「少しでいいので、分けてくれんか？」

「お腹が空《す》いたのじゃ」

どうやら、三匹の小人たちが僕らの目の前に姿を見せた理由は、空腹だったかららしい。

ここ数日の狩りで、ジャイアントトードの肉は冷凍庫に入りきらないほどある。それどころか、食べきれない分は魔物の核である魔石を取って、地面に埋《う》めようかとも考えていた。

僕は、後ろで山積みになるジャイアントトードの死体を指さして告げる。

「たくさん狩ったし、好きなだけ持っていっていいですよ」

それを聞いたテリアが〝からあげ、さよなら。げんきでね〟と寂《さび》しそうに肩を落としたので、僕は慌てて冷凍庫にたくさんあるからと伝えてなぐさめた。

気を取り直して、ジャイアントトードの死体の山の前で万歳《ばんざい》をして喜ぶ三匹に、僕は声をかける。

「ところで、おじいさんたちは妖精ですか？」

「妖精ではない。儂《わし》らはファジャグル族じゃ。主《ぬし》ら人族は小人と呼ぶの」

一匹がそう言うと、全員で胸を張る。

見た目は人族に近いし、三匹ではなく三人か……いずれにしても不思議な存在だ。

小人たちに興味を持った僕は、近くの倒木に腰かけて三人の話を聞くことにした。

彼らファジャグル族は、昔からこのアリツィオ大樹海で暮らしていたという。言語は僕たち人間と同じだが、名前が少し変わっていて、基本二文字らしい。

ちなみに三人の名前は、赤のタイツがググ、青のタイツがギギ、緑のタイツがザザ。彼らは村の中で狩りを担当しているとのことだ。

獲物を求めてアリツィオ大樹海を探索していたところ、自分たちでは倒すのが困難なジャイアントトードを容易《たやす》く狩っている僕たちを見つけ、声をかけたのだという。

「美味しいのは知っているんじゃが、儂らじゃ倒せないからの」

なぜかググは自慢げに話した。

「じゃあ、ジャイアントトードの皮を剥《は》いで魔石を取り出しますので、適当に欲しい分を持っていってください」

僕の言葉を聞いて、小躍《こおど》りしながら喜ぶ小人たち。

しかし、彼らはピタリと動きを止める。

じーっと僕を見つめてきたかと思うと、〝大きくて運べないんじゃー。お願いだ、手伝ってくれー〟と泣きついてきた。

ホントに忙しい小人たちだ。

「魔物の主様よ、助けてほしいのじゃ」

ググが泣きながら僕の足にしがみついてくる。

テリアは〝あるじ、ちっさいのたち、うるさすぎ、いやー〟と両耳を押さえて距離を取っている。

僕は呆れながら小人に質問する。

「僕は魔物の主じゃなくて、ルフトって名前があるんだけど……まあ、いいや。どこまで運べばいいんだい？」

「ルフト様か、了解じゃ。儂らの村まで運んでほしいんじゃ」

様って……さっきは怒鳴ってきた癖《くせ》に、なんだか調子がいいな。

それから僕は、ジャイアントトードの死体を従魔の住処に運ぶと、ググたちの案内のもと、ファジャグル族が暮らす村へ向かうことにした。

従魔の住処にジャイアントトードの死体を入れる際も〝おおーカエルが吸い込まれるのじゃー〟〝魔法かの？　不思議じゃのー〟と三人は大騒ぎしていたよ。

✽

彼らの村は、アリツィオ大樹海の浅瀬と中域の境目にあるらしい。

小さくて力の弱い小人たちが、アリツィオ大樹海でどうやって生きているのか不思議だったんだけど、その謎は彼らの村への道中ですぐに解《と》けた。

小人の村への道は、見たこともない木や植物が絡《から》み合っていた。植物の中には荊《いばら》のようなものもあったので、他の生き物は好んでここに近づかないだろう。

ググたち曰《いわ》く、この植物の先に彼らの村がある、とのこと。

村を包む植物の多くは、刃物でもなかなか切れないほどに硬く、火で燃やすことも難しいそうだ。

ググは生物の侵入を拒《こば》むように生えたその植物の前に立つと、聞いたことのない言葉で呪文《じゅもん》を唱え始める。

すると、植物がうねって、トンネルを作り出した。

植物は、ググたちの村を守る結界の一つだったらしい。

他にも、侵入を防ぐ透明な結界などがあり、そのたびにググが呪文を唱えた。

最後の結界を抜けて彼らの村に到着する頃には、日もだいぶ傾き始めていた。


「村というより町じゃないか……」

僕は思わず呟《つぶや》いた。

ググたちの村は、僕が想像していたよりもずっと広かった。村の中央には、見たことがないほどの巨大な枯《か》れ木が横になっていた。

そこから大きなキノコがたくさん生えている。

よく見てみると、そのキノコ自体が彼らの家になっているようで、色とりどりの扉や窓がついていてとても綺麗《きれい》だった。

キノコの傘《かさ》の部分も赤や黄色、緑と、とてもカラフルだ。

彼らが家に使っているのは〝空洞茸《くうどうだけ》〟という種類のキノコらしい。

大きさは二メートル以上あり、中が空洞になっているため、扉や窓をつければ家として使うのにちょうどいいという。

僕がキノコの家を観察していると、そこからググたちと同じ全身タイツを着た小人たちが顔を出す。

小人は皆《みな》おじいさんの見た目なのかと思っていたのだが——女性も子供も若者も普通にいるし、人間と変わらない。

「人族？　すげー初めて見た。コボルトもいるぞ」

「狼に兎《うさぎ》にスライムも……」

「妖精じゃ妖精じゃ、ふしぎじゃのー」

うん、僕らは完全に見世物《みせもの》だな。

小人たちについて少し歩き、村の広場に着くと、ググがラッパのような形をした魔道具を口に当てて叫んだ。

「みんなー、お客様を連れてきたぞー」

声量を大きくする魔道具のようだな。

小人たちがキノコの家から出て集まってきた。中には棍棒《こんぼう》のような武器を持っている小人の姿もあるけど……

「ググ、どういうことじゃ。よそ者をこの村に入れるとは」

「敵じゃ、敵じゃ」

「皆、武器を持て！」

どうやら僕らは歓迎《かんげい》されていないらしい。彼らにとって、僕らは巨人みたいに見えているはずだし、警戒《けいかい》するのも当たり前か。

僕の従魔たちの顔にも緊張が走る。

まずいな……武器も従魔の住処の中だ。

僕はとりあえず弁明してみる。

「待ってください。僕らは食料を運んできただけなんです」

「食料？　ふん、何も持ってないじゃないか」

だが、小人たちは、今にも僕らを襲う勢いだ。ググたちも他の小人を宥《なだ》めようと必死だが——数が多すぎて収拾がつかなくなってるな。

「本当なんです」

僕はそう言うと、従魔の住処からジャイアントトードの死体を一体取り出した。

それを見た小人たちが一斉に口を閉じ、あたりは静まり返る。

「みんなージャイアントトードじゃー！　うまうまなカエルじゃあああああ」

「うわあああああ」

「ひゃっほー」

「ごちそうじゃあああ」

小人たちは熱気に包まれた。

「でも一匹じゃ」

「わしゃ一口食べられれば幸せじゃ」

「一人分もないいんじゃないか」

「お母さん、私もカエルさん食べたい」

収拾がつかないほど小人たちは大声で騒ぐ。

それならと、僕は従魔の住処からジャイアントトードの死体をさらに出して積み上げていく。

そのうち小人たちは地面に平伏《へいふく》し、僕を拝《おが》み始めた。

✽

——一時間後。

僕は急遽《きゅうきょ》広場に設けられた宴会場の上座に、主役として座っていた。

僕は、芋と果物で作ったというミックスジュースを飲みながら、ついさっきまで一触即発《いっしょくそくはつ》だった小人たちと談笑している。

「ルフト様たちはすごいんじゃのー。大カエルを倒すなんて」

「儂らなんて、いつも大カエルの餌《えさ》じゃよ。食べるのか食べられるのかどっちなんじゃって、わっははははは」

笑いながらとんでもないことを言う小人たち。

「餌って？　倒せないのをわかっていて、ジャイアントトードに挑《いど》むんですか？」

僕はそんなバカなと思ったが、周りの小人たちは笑ったままだ。

「当然じゃ。大カエルは美味いからのー。あれを味わえるなら死ぬのも本望《ほんもう》じゃ」

いや、死んだら食べられないから、と心の中でツッコミを入れる。

美味《おい》しいからといって、死ぬ覚悟でジャイアントトードに挑むのは違う気がするんだけどな。

しかし、テリアとボロニーズは〝にくのために、しぬ、ほんもう〟と早速影響され出し、ローズに至ってはなぜか〝お父様、死んだら嫌です〟と僕の胸に顔を埋《うず》めて泣き始めた。

従魔たちの教育に悪いので、これはなんとかしないと。

僕は小人たちに向かって言う。

「美味しいものが食べたいって気持ちはわかります。でも死んだら何もならないじゃないですか」

「うーん、ルフト様の言う通りじゃ」

小人の一人が真面目な顔でうんうんと頷《うなず》いている。

本当にわかっているのだろうか……

僕は小人たちの反応に呆れながら、ふと気になったことを尋《たず》ねた。

「ところで、ジャイアントトードを狩るときはどんな武器を使うんですか？」

「武器？　石をぶつけたり、尖《とが》った木で突き刺したり……」

従魔たちが彼らの回答を聞いて、口をあんぐり開けて驚いている。

小人たちが持っている武器は、棍棒や尖った木などとても原始的だった。

さすがにそんな武器でジャイアントトードを倒すのは無理だろう。毎回逆に食べられてしまうというのもなんとなくわかった。

狩り係が村の老人たちから選ばれるのも、若者より先に老人が死ぬべきだという考えがあったからとのこと。

小人たちの文化に口を出すことが正解だとは思わないが――ググたちファジャグル族がジャイアントトードに食べられるのを放っておくのは違う気がした。

何より、彼らを食べたジャイアントトードを唐揚げにして僕らが食べたかもしれないと考えたら、なんかね……

僕は今、カスターニャの冒険者ギルドマスター、カストルさんから指名依頼で、未開の地の探索を頼まれている身の上だ。

新ダンジョンが一つでも見つかれば大成功と言われている中で、すでに一つ見つけたので、成果は十分上げているはず。

だから、ファジャグル族の村の発展に少しくらい時間を使っても、問題ないよね。

その後ググから、この村の村長のドドさんを紹介してもらったんだけど、僕が植物に興味があることを伝えると、明日小人たちの畑を案内してもらえることになった。

それに、彼らは僕の知らないダンジョンの場所も知っているそうだ。

✽

宴会の翌日。

村長のドドさんからは友好の証《あかし》として、村を覆《おお》う結界を開く指輪まで貰ったのだが、こんな大事な指輪を初対面の人間に渡すのはどうなんだ……

僕が言うのもなんだが、人間という種族をあまり信用するべきではないと思う。

僕がそう言って聞かせると、ドドさんは僕以外の冒険者に無闇《むやみ》に近寄らないと約束してくれた。

うん、これで一安心だ。

小人の村はなかなか広く、名前は村だけど僕が最初に感じた通り規模的には町だった。

カスターニャの町と比べても、人口が多く、広さは下手をしたら五、六倍大きい。

徒歩で村を移動するとなると時間がかかってしまうため、彼らは村の中の移動に馬車を使っていた。

その馬車を引かせるために、彼らは体高百センチ前後のとても脚の太い小型の馬をたくさん飼っている。

ちなみに彼らの崇《あが》める神様の掟《おきて》で、馬を殺して食べるのはタブーらしい。

どんな神様なのか気になって神殿にも行ってみたが、そこにもう一人の新しい神として、ルフト像なる木彫《きぼ》りの人形が置かれていた。感謝のあまり、僕を神聖化するようになったらしい。

小さな子供が僕を指さして〝神様だー神様だー〟と大喜びする姿には、顔から火が出るんじゃないかと思えるくらい真っ赤になったよ……。

ファジャグル族の村は、小人たちが暮らす住居エリア、野菜や果物を育てる農業エリア、生き物を育てる畜産エリア、魔道具や農具、調理器具を製造する工房エリアと、役割ごとに分かれている。

僕はここの植物を見せてもらうため、ローズと一緒に馬車に揺られながら農業エリアに向かっていた。

今日は珍しく、ローズ以外の従魔は別行動している。

僕のパーティで鍛冶《かじ》を担当するニュトンたちは工房エリアへ行っている。小人のために、村の資材だけで生産可能な武器を考えてみるらしい。なお、ニュトンたちは会話ができないので、意思疎通《いしそつう》が可能なフローラルとレモンに一緒に行ってもらった。

テリア、ボロニーズ、スライムのレッドさん、ブルーさん、グリーンさんには、練習用の木の武器を使って小人たちの戦闘訓練をお願いした。万が一小人たちが怪我をしても対応できるように、ホワイトさんにも回復役として参加してもらっている。

小人の子供たちが動物との触れ合いを希望したため、ドングリとアケビとレッキスには遊び相手をお願いした。動物というか、三匹とも魔物なんだけどね。

それで僕とローズが植生の調査というわけである。

ちなみに僕とローズが乗っているのは、二頭引きの軽装馬車。鉄を一切使わず木材だけで組んであるのに耐久性があってしっかりしている。

小人たちの木材加工技術はかなり高い。

また、高い技術を持っているのは木材加工だけではない。

彼らの着ている全身タイツは、伸縮性と防水性があって水溜りや沼地の多いこのあたりの地形に合わせて作られた服なんだそうだ。しかも魔物の素材ではなく植物を編んで作られているというから驚いた。

耐久性と防水性の面ではジャイアントトードの素材には劣《おと》るものの、僕たちの装備にも活かせそうなので、この素材の元になる植物を見せてもらう予定だ。

「なー、ルフト様は植物が好きなのか？」

馬を操る小人が聞いてきた。

「うーん、植物というよりは、生き物全部に興味があるんだ」

僕はもともと動植物全般に興味があった。

世間で落ちこぼれと揶揄《やゆ》されるテイマーだとわかったときは本当にショックだったけど、以前から関心のあった様々な魔物たちと関われるテイマーになれて、本当に良かったと思っている。

「それなら、いろんな生き物を育てる畜産エリアにも行ってみるべか」

「えっいいの？　やった！」

いずれ僕にも馬の魔物を仲間にする機会がくるかもしれない。

馬車を引ける馬の魔物が従魔に一匹いてくれたらかなり助かると思う。

その分、馬の餌の確保も必要だけど。

農業エリアに入ってすぐ、色とりどりの花が咲く畑が見えた。ローズが僕の肩にしがみつきながら嬉《うれ》しそうに指をさす。

（お父様、お父様、見えてきましたわ）

「本当だ。綺麗だね」

目の前に広がる巨大な農地とたくさんの植物。これだけ大きく立派な農地はなかなかないんじゃないだろうか。

ローズが〝可愛い〟と声を上げた畑には、ハート型の葉っぱをつけた植物がびっしりと植えられていた。

この畑の植物は〝ウシイモ〟という名前の芋なんだそうだ。

ウシイモはとても甘い芋で、昨日の歓迎会の食事で出た焼《やき》ウシイモが気に入った僕は、小人たちに種芋を分けてほしいと頼んだ。

ちなみに、ウシイモは種芋ではなく種ツルを植えて育てるらしい。

この畑に来たのは、ウシイモの育て方などを教わるためであった。

畑に到着した僕とローズは、小人たちの芋掘りを手伝った。

傍《はた》から見ると地味な作業なんだけど、芋掘りはやってみるとなかなか楽しい。掘った芋が大きかったときには大興奮だ。

作業が一段落してから、僕たちは次の目的地へ向かった。


芋掘りの後もローズと一緒に畑を巡る。

その中にびっくりする畑、というか植物の牧場があった。

そこは畑なのに日除《ひよ》けの屋根が取りつけられた場所で、周りは二メートルもある木の柵《さく》で囲われている。

「ルフト様、ここすっごく面白いんだぞ」

馬車を止めて、小人が僕の手を引っ張りながら言った。

「何を植えているんですか？」

小人は〝見ればわかるべ〟と楽しそうに笑って、僕を柵の方へと連れていく。

小人の案内で畑の中へと入る。

この畑には他の畑と違い、ジメジメしていて枯れた葉が土の上に積み重ねられていた。腐葉土《ふようど》を作っているのか、湯気が出ている。

その中で何かが動いているのに気付いて、僕は目を凝《こ》らした。

なんと動いていたのは、様々な大きさの飛び跳ねるキノコ。大きいもので百センチ弱、小さいものは十センチくらいだろうか。

このキノコは〝キノコン〟と呼ばれる植物の魔物で、とても美味しいそうだ。それがあだとなって、アリツィオ大樹海の魔物たちで奪い合いになり、絶滅しかけたらしい。

そんなわけで、最近ファジャグル族が保護して栽培を始めたとのこと。

収穫のためにキノコンを石で叩いて追い回す小人たちの姿は微笑《ほほえ》ましいな。

こうして農業エリアを暗くなるまで見学した僕は、みんなと合流して従魔の住処に戻った。

✽

別々に行動していたこともあり、みんなに今日あったことを聞いていく。

まずは、小人たちの武器作りについて、ニュトンたちから報告される。

体が小さくても力のあるニュトンたちと違って、小人たちは背も低ければ力もない。

それで小人たちには剣や斧よりも、自分たちが使うクロスボウの方が相性が良いのではないかと考え、試しに持たせてみたそうだ。

だが、小人たちは二人がかりでも弦《つる》を引くことができなかった。

クロスボウは弓に比べて弦が重い。そのためクロスボウの先端には〝あぶみ〟という足で押さえながら弦を引く金具がついているのだが、体の小さな小人ではそれも役に立たない。

しかも、ニュトンたちのクロスボウは威力が増すように、弦に魔物の素材を使っている。そのせいで、普通のクロスボウよりさらに扱いづらいのだ。

僕は問題点をさらに指摘する。

「鉄がないのも武器を作る上ではきついよね。僕らが毎回鉄を準備するのも難しいし……力がなくても滑車やてこの原理、歯車や巻き上げ機を使うとかいろいろあるみたいだから、クロスボウに応用できないかな」

(おお、それは確かサリブル殿が話していた方法ですな)

僕とサリブルさんが話していたのを思い出して、フローラルが念話で伝えてきた。

サリブルさんはゴブリンの町の襲撃作戦で一緒になった兵士で、レンジャーのクラスを持つ弓の名手だ。

「うん。僕が大きなロングボウを使うには力が足りないって相談をしたときに、サリブルさんが、弦を引く機構がついたクロスボウもいいんじゃないかって教えてくれたんだよ」

今考えられるのはそれくらいだ。

体が小さいと武器選びも難しいよね。

「あるじ、かるいぶき、ないか」

テリアが尋ねてきた。

戦闘訓練を行ったテリアとボロニーズ、スライムたちも、小人たちが持てる武器がないと思っていたみたいだ。

「短剣でも彼らにしたら両手剣を持つ感覚だろうし、ジャイアントトードを狩るなら槍がいいとは思うんだけど……彼らの背の高さだとそれも難しいかな」

そうすると、やはり小人たちの武器はクロスボウ一択な気がする。

彼らは魔道具作りが得意なので、彼らの技術も利用できるといいのだが……

あとは……

「ねえ、フローラル、レモン。小人たちに魔法を教えてみるのはどうかな？」

（どうでしょうか。彼らに適性があるかどうか確かめないとなんとも……）

フローラルは難しそうな顔をする。

（彼らは植物系の精霊魔法と相性がいいとは思います。ただ、私もフローラルも使えないですしね……主様、すみません）

レモンが申し訳なさそうに頭を下げた。

僕はレモンの頭を撫でながら〝謝るようなことじゃないよ〟と笑ってみせる。

それから僕は明日にやってほしいことをみんなに告げる。

「とりあえず試すだけ試してみようか。明日は、フローラルとレモンは小人たちに魔法を教えてみてほしい。ドングリとホワイトさんはその手伝いを。ニュトンたちは引き続き武器製作と素材探しをお願いするよ。僕は、小人たちがテイマーになれないか試してみようと思う。あとのみんなはその手伝いかな」

そう、僕は小人たちをテイマーにするアイデアを考えていた。

小人との話で、小人にはクラス持ちが少ないことがわかった。

ただ、何かを一生懸命続けているとクラスを得られることがあるので可能性はあるだろう。

ローズが不思議そうに問う。

（テイマー、ですか？）

「うん、ファジャグル族の大きさだと武器を持って戦うのは難しいし、それなら僕のように従魔と一緒に戦うことができないかなって」

(でも、小人たちは弱いですわ)

テイマーは本来自分より弱い魔物を従魔にする。だから小人にはジャイアントトードを倒せるような魔物を従えられない、とローズは言いたいのだろう。

でも、僕みたいな例外もいるし……何より彼らには、キノコンみたいに飼育している魔物もいる。食べるためだけど。

「そこも考えているよ。小人たちの従魔にはキノコンが良いと思うんだ。小人たちが育てているわけだし、普通の魔物よりも従魔になりやすいんじゃないかな。それに僕の予想だけど、キノコンはスライムのように進化しやすい魔物だと思うんだよね。従魔にできれば、狩りができるか試すつもりだよ。そのときは、ボロニーズ、レッキス、グリーンさんとローズは僕に同行してくれるかな」

僕がそう言うと、みんな大きく頷いてくれた。

考えるだけでいろいろ楽しくなってきた。役立たずと思われていたテイマーのクラスが小人たちの役に立つなら、僕も嬉しいな。

✽

翌朝——

村長のドドさんの家を訪ね、ドドさんに昨日考えたアイデアを伝えた。

すると、すぐに魔法使い希望と、テイマー希望の小人たちをそれぞれ十人集めてくれた。面白いことに、魔法使い希望は杖とローブが似合う年配の小人たちが、テイマー希望には若い小人たちが集まった。

その後、昨日僕が伝えたように、従魔たちはそれぞれの持ち場へ向かった。

僕はテイマー希望者たちを連れてキノコンがいる場所に行く。

「今日はテイマーになるための訓練です。僕が見本を見せるので真似してみてください」

それから僕は、レッキスにじゃれてみせた。

「こんな感じで十分お互いの心の距離が近づいたと思ったら、片手でも両手でもいいので魔物の前に手を出して、仲間になりたいと心の中で強く呼びかけてください。光の鎖が発現して、お互いを繋いだら成功です。絶対キノコンを殺しちゃダメですよ」

万が一キノコンが暴れたときにすぐに対処できるように、ローズたちには小人たちの様子を見守ってもらう。

万全の環境を作った上で、早速小人たちに試してもらった。

小人たちが自分より大きなキノコンに跳びついてじゃれる光景は、シュールだな……

僕が従魔たちとじゃれているときも、他の冒険者たちからこんな風に見られているのだろうかと、少しだけ恥ずかしくなった。

だが、そんな小人とキノコンとの触れ合いタイムも実を結ぶことはなく、あっという間に昼を過ぎ、休憩を取ることになった。

順調とは言えないが、それでも若い小人たちはやる気十分だった。

なんというか一生懸命で真面目。

ジャイアントトードを前に〝美味そうじゃ〟とヨダレを垂らしているだけだったググたちとは大違いで〝ルフト様、俺見込みあるでしょうか〟とか〝私はテイマーになれますか〟といった具合に休憩中も熱心に聞いてくる。

なぜそんなにやる気があるのかな……

僕が遠回しに聞いてみると、毎日同じ生活を繰り返してきた小人たちにとって、テイマーへの挑戦は凄く新鮮で楽しいらしい。

種族が違うとはいえテイマーになりたい人が増えるのは嬉しいし、少し前の自分を見ているようで応援したくなった。

休憩を終え、再びキノコンと戯《たわむ》れる小人たち。そして、ついに成功者が現れた。

小人とキノコンとを光の鎖が繋ぎ、淡い光が包み込む。

従魔契約が成功した証《あかし》だ。

その小人は従魔になったキノコンを連れて、僕のところに嬉しそうに走ってきた。

「ルフト様、俺やりました！　テイマーになれました」

目に涙を浮かべる若い小人の少年。

「見ていたよ。よく頑張ったね」

彼は僕より年上みたいだが、背が低いということもあって、僕は思わず頭を撫でてしまった。見た目がおじいさんなら、絶対撫でないんだけどな……

それを見た残りの小人たちが、さらにやる気を見せる。

僕に撫でられたいわけじゃないよね？

僕はテイマーになった小人の許可をもらって『鑑定』の魔法を使う。

基本的に『鑑定』の魔法では、種族名や名前程度しか見えない。でも、使用者が対象から信頼されていると、開示される情報が多くなる。

僕は余程信頼されているのか、目の前の小人の情報がいつも以上にわかった。

【ムボ】
種族：ファジャグル族
性別：男
年齢：十六歳
クラス：テイマー
称号：ファジャグル族初のテイマー

ムボという少年はテイマーのクラスを獲得し、称号まで得ていた。

この後、ムボの他にも三人の小人がテイマーのクラスを獲得して、それぞれがキノコンと従魔契約を交わした。

ムボ同様、他の小人たちも僕に撫でてくれと頭を差し出すので、僕はみんなの頭を順番に撫でていく。

よくわからないけど、ローズをはじめとした従魔たち、他のテイマー挑戦者の小人たち、キノコン牧場で働く小人たち、小人の従魔になったばかりの四匹のキノコンまでもが列を作った。

撫でたくないなと思っていたおじいさんの小人もいるんだけど……

僕は並んだみんなの頭を撫で続けた。

今回従魔契約に至らなかったのは、六人。彼らも諦めたくないとのことで、明日もう一度挑戦することになった。

まだ日暮れまで時間はあるので、テイマーのクラスを得た四人の小人たちを連れて、ジャイアントトード狩りに向かうことにした。

小人たちもテイマーになり、従魔の住処を使えるようになったのだが、彼らの従魔の住処は僕のよりかなり小さな空間らしい。

種族の違いなのかな？


僕は早速、村長のドドさんから貰った指輪を使って村の外に出た。

この周辺のジャイアントトードは僕らがたくさん倒したはずなのに、すぐにどこからともなく大きなカエルが姿を見せた。

まずグリーンさんがクロスボウで遠くのカエルを狙っておびき寄せ、近くに来たものをボロニーズとローズが殺さない程度に痛めつける。

最後はキノコンたちにとどめを刺させた。

上手くいくかはわからないけど、キノコンたちにとどめを刺させることで、キノコンのレベルが上がり、なおかつ進化に繋がらないかと思ったのだ。

キノコンは魔物と呼ぶには弱く、ただ餌として食べられる存在だ。

そんな魔物なら、一度目の進化は早いんじゃないかな。キノコンが進化すれば、ジャイアントトードを小人たちだけで狩る術《すべ》が見つかるかもしれない。

まあ、ダメだったら、また別の方法を考えればいいだけだ。

この日は、狩りを始める時間が遅かったこともあり、ジャイアントトードを四匹倒したところで日が暮れたため、小人の村へと帰還した。

✽

夕飯は小人たちと一緒に広場で食べた。

僕らは食べ終わってから小人たちに〝おやすみ、また明日〟と手を振って、従魔の住処に戻った。

あとは報告会だ。

「今日、報告がある人はいませんか」

僕がそう言うと、武器の素材探しをしていたテリアが真っ先に手を挙げる。

「あるじ、ざいりょう、はっけんした」

どうやら、武器作りに使える木材を発見したようだ。その木は、小人たちの村を出てすぐの場所にあったらしい。

ニュトンたちは、拾ってきたという二種類の木の枝を僕に渡した。早速僕はその木の枝に『鑑定』の魔法を使う。

【アイアンウッドの枝】
性質：鉄に近い硬さを持つ木。加工が難しい。

【ブラウンシダーの枝】
性質：丈夫な木。家具作りにもオススメ。

おそらくニュトンたちは、アイアンウッドをクロスボウの動滑車《どうかっしゃ》の部品作りに使うつもりなんだろう。鉄のように硬い木材なら、耐久性も問題ないはずだ。

アイアンウッドはもの凄く硬い。そうなると、どうやってこの硬い木を切り倒すかだ……果たして普通の斧で切れるものなのか。

一方、ブラウンシダーはアイアンウッドに比べれば切ることは難しくないと思う。小人たちの武器はできるだけ早く用意したいけど、僕には小人たちの特訓もあるし、いつ採りに行くか迷うな。

「うん、二つとも材料として問題ないね。ただ、アイアンウッドを切るのにはいろいろ準備が必要かな。ブラウンシダーは早めに切りたいところだけど……どうしようか？」

そんな僕の言葉にニュトンたちは、ブラウンシダーだけでも早めに切って、武器の試作に挑戦したいとお願いしてくる。

新しい武器の製作は、彼らにとってやりがいのある仕事なのだろう。今まで主に農具しか作らせてなかったもんな。

「あるじ、あした、おいらが、きりにいく」

テリアがそう言う。

「おいらも、てつだう」

ボロニーズが手伝いを買って出てくれた。

二匹の気持ちは嬉しいけど……外には魔物がいるから心配だ。

すると、レモンと一緒に小人に魔法を教えていたフローラルが言う。

（主様、木の伐採《ばっさい》には私も同行しましょう。私の使う魔法と小人たちの相性は悪く、今日魔法を覚えられたのはレモンが教えた一人だけでした。それなら魔法の特訓の参加人数を減らして、私は木の伐採の手伝いにいった方がいいかと）

「ありがとう、フローラル。フローラルが一緒に行ってくれるなら、不意に魔物と遭遇しても安心だね。それじゃあ、木の伐採はお願いしようかな。メンバーは、フローラルとテリアとボロニーズに、アケビとホワイトさんにも一緒に行ってほしい」

しかし、どんどん従魔たちが大人になっていくね。

親離れするみたいで少し寂しいよ。

続いて、魔法の指導を任せているレモンとドングリに声をかける。

「レモンとドングリは大変だと思うけど、明日は二匹だけで魔法の指導をお願いするね。村長のドドさんには、参加人数を減らしてもらうように僕から話しておくよ」

「ガウッ」

（お任せください、主様）

レモンとドングリが元気に返事をする。

最後に、テイマー育成のメンバーに言う。

「レッキス、グリーンさん、ブルーさん、レッドさん、ローズは、明日も僕と一緒にテイマー志望の小人たちのフォローをお願いするよ」

五匹はそれぞれ問題ないとばかりに手を挙げた。

なお、ニュトンたちには従魔の住処で、小人たちやキノコンが使えそうな武器や防具を考えてもらうことにした。

✽

明日の予定を決めて寝る準備を始めたとき。

グリーンさんがクッションの上で苦しそうに発光しながら、体の形を変え出した。進化が始まったようだ。

ブルーさん、レッドさん、ホワイトさんが近くのクッションの上で心配そうに体を揺らす。

グリーンさんはみんなの見守る前で形を変える。

何度も膨らんだり縮んだり……

僕はみんなと一緒に〝頑張れ〟と応援する。僕らには見守ることしかできない。

ある程度の大きさまで膨らむと、形が安定して同時に光も収まった。

前回の進化のときのように大きさが二倍になることはなかったけど、前より三十センチほど膨らんだ。最近クロスボウを愛用していたためか、種族名に〝アーチャー〟というクラス名が入った。


【グリーンさん】

種族：ビッググリーンスライムアーチャー

スライムが弓って……なんとなくおかしいよね。

✽

翌日――

広場では、昨日キノコン牧場で特訓をしたムボたち十人、唯一魔法習得に成功した緑タイツの小人ザザ、魔法習得希望者の小人三人が、僕らの到着を待っていた。

昨日と同じように、従魔たちはそれぞれの持ち場に散っていく。

僕はテイマー希望者を連れて、今日も馬車に揺られ、一緒にキノコン牧場へ向かう。

「ルフト様、見てくださいよ。俺のシメジンが進化しましたよ」

馬車を降りてすぐ、興奮したムボが僕の足にしがみついてきた。

ムボは、キノコンにシメジンという名前をつけたようだ。

そのネーミングセンスはどうなんだ……いや、ネーミングセンスに関しては僕も人のことは言えないか。

「私のもです」

「私のも進化しました！」

「俺も」

なんと四人全員のキノコンが進化していた。

ちなみに昨日テイマーになったムボ以外の三人の名前は、二人が女の子でシザとミダ。もう一人の男の子がギイだ。

ムボを含めて四人とも僕より年上だったりする。

ムボ、シザ、ミダ、ギイの従魔のキノコンは、手が生えて〝キノコンコン〟という魔物に進化していた。

僕は進化祝いに、四匹のキノコンコンに余っていた武器の〝ゴブリンハンマー〟とニュトンたちに急いで作ってもらった〝迷宮胡桃《めいきゅうくるみ》の胸当て〟〝迷宮胡桃の丸盾〟をプレゼントした。木を削って仕上げただけの鎧と盾だが、何も着けていないより防御力は上がるはずだ。

武器や防具を貰って喜ぶ四匹の大きなキノコ。

キノコにも感情はあるのか？　など言いたいことはたくさんあるけど、これだけ喜んでくれればプレゼントした甲斐《かい》があるというものだ。

僕たちが牧場の中に入っていくと、まだテイマーを習得していない六人の小人たちのもとに、昨日一緒に遊んでいたと思われるキノコンたちが自ら進んで寄ってきた。

この分だと、テイマーのクラスを得るのにそう時間はかからないだろう。ファジャグル族はテイマーのクラスを得やすいのかもしれない。

予想通り、昼前には残りの六人全員がキノコンたちと従魔契約を結んだ。

今日も昨日同様、列になったみんなの頭を撫でる。〝昨日も撫でたよね〟というツッコミは呑《の》み込んだ。

キノコって傘を触られると気持ちがいいんだろうか？　撫でた後、体を小刻みに震わせてその場で何度も飛び跳ねているし……あれはきっと喜んでくれているんだろう。

昼は、ホクホクの焼ウシイモを、農道脇の草むらに座りながらみんなで食べた。

焼き立てのウシイモを割ると、その断面から白い蜜《みつ》が溢れ出し、甘い香りが僕らの食欲を刺激した。

見ているだけで思わずよだれが出てくる……みんなの腹が鳴る音も聞こえてきた。

ハフハフ言いながら熱いウシイモに噛《かじ》りつく。口の中に蜜が溢れ、口の中いっぱいに幸せが広がる。

これは美味い！

種ツルを分けてもらって正解だったね。

昼食を終えた僕らは、昨日と同じようにジャイアントトードの縄張《なわば》りへと向かう。

グリーンさんが進化して弓の命中率が上がったこともあり、昨日より早いペースでジャイアントトードを倒していく。

スライムたちはどんどん器用になっている気がするな。

彼らは体の一部を人の手のように変形させて武器を持つんだけど、人間のように腕の本数に制限がない分、このまま進化を続ければいくらでも武器を持てるようになりそうだ。

三刀流、四刀流、五刀流のスライム。

妄想しただけでにやついてしまう。

キノコンもキノコンコンになって腕が生えたことで、武器を持って十分戦えている。

これならクロスボウは、小人よりキノコンコンに持たせた方がいいかもしれないな。

狩りを終えて小人の村に戻ると、運び込まれたブラウンシダーの大木の枝を取る作業が始まっていた。

木は多くの水を含むため、木材として使うのには乾燥させる必要がある。

小人の村の住居エリアは雨が入ってこないように村全体が植物で包まれているから、そのまま自然乾燥でも問題はない。

でも、木材の自然乾燥には最低半年以上はかかるだろう。ニュトンたちが待っているし、今日切った木は共通魔法の『乾燥』を使って乾かすことにした。

乾燥させすぎてもよくないって聞くし、加減が思ったより難しい。

そうこうしていると、僕の作業を横で見ていたムボが、いつの間にか共通魔法の『乾燥』を覚えたらしく、手伝ってくれる。

テイマーも一応魔法職ではあるから、魔法職なら誰でも覚えられる共通魔法を使えるようになるのは不思議ではないが……物覚えがいいね。

ブラウンシダーの乾燥を終え、作業が一段落したところで、僕らは太古の大湿原に向かうことにした。

村を出る際〝ルフト様、すぐ戻ってきてくださいね〟〝いろいろありがとうございました〟など多くの声をかけてもらった。

まあ、霧の壁が晴れているか確認にいくだけだから、すぐ戻ってくるんだけどね。

小人たちみんながキノコの家から出て、僕たちに手を振る光景は圧巻《あっかん》だった。

（どこの英雄だよ……）

心の中で照れ隠しに呟きながらもニヤニヤが止まらない。

この見送りは大袈裟《おおげさ》な気もするけど、従魔のみんなも嬉しそうだし、悪くないか……僕も従魔のみんなと一緒に小人たちに手を振り返した。


太古の大湿原に到着する頃には、日は完全に落ちていた。

今日のところは休むことにして、従魔の住処に入る。

（主様、探索は明日ではなく、次の金曜日に行うのですか？）

フローラルが話しかけてくる。

霧については、以前このあたりを調査した際、金曜に晴れるという仮説を立てていた。

「うん、明日は本当に金曜日に霧が晴れるかを確認するだけにするよ。ついでに小人たちに教えてもらったダンジョンの攻略をしてみよう」

（賛成です。太古の大湿原の探索はしっかり準備をしてから挑むべきかと）

（お父様、任せてください。トカゲごときに後《おく》れはとりませんから）

ローズもやる気十分といった感じだ。

他の従魔のみんなも恐竜との再戦を楽しみにしているようだった。

そんなことを話しながら寝る準備をしていると、ブルーさんとレッドさんが苦しそうに発光してブルブル震え始めた。

苦しそうに何度も体の形を変える二匹。

みんなの見守る前で、二匹は無事進化を終えた。

大きさは、この前進化を果たしたグリーンさんとほぼ同じ直径約九十センチのミカン型。二匹も種族名にクラスがついたところまで同じだ。

盾を好んで使うブルーさんは〝ビッグブルースライムガード〟に、槍メインのレッドさんは〝ビッグレッドスライムウォリアー〟に進化した。

✽

スライムたちが進化した次の日のこと。

ここ最近、小人たちのテイマー訓練をして、その後狩り。そして、ブラウンシダーに魔力のある限り『乾燥』魔法の行使と働きづくめだったのが相当体にきいていたらしい。

疲れきっていた僕は朝になっても、まだ起きたくない、もう少しだけ、あと十分だけ、という誘惑に駆《か》られていた。

しかし、布団を被り直して寝ようとする僕から、ドングリとアケビが布団と枕を取り上げる。

(お父様、いい加減諦めてください)

ローズはベッドから離れない僕を軽々とお姫様抱っこして、テーブルの前に置かれた椅子へと運んだ。

普通は逆だよね……

椅子に腰かけた僕は大きく口を開けて欠伸《あくび》をすると、手を上げて背伸びする。

目の前にはグリーンさんが淹《い》れてくれた、眠気が一気に覚める苦めのお茶〝激渋茶《げきしぶちゃ》〟。

このお茶は、朝起きられなかったときに必ず飲まされる僕への罰ゲームのようなものだ。僕はそれを一気に口の中へと流し込んだ。

「にがひ……」

苦さのあまり口が上手く回らない。

滅茶苦茶苦いけど、体には良いらしいんだよね。

それから僕は、従魔の住処の水源、妖精の泉《フェアリーウエル》の冷たい水で顔を洗って頭をすっきりさせると、朝ご飯を作るスライムたちに合流した。

キッチンではスライムのみんながコック帽を被り、朝食の準備に励《はげ》んでいる。ここ数日、食事は小人たちに任せっきりで、従魔の住処には寝るためだけに戻っていたから気付かなかったんだけど、いつの間にかキッチンの横に石窯《いしがま》ができていた。

どうやら小人たちから教わったレシピを試しているようだ。確か、ピザっていう薄いパンみたいな食べ物だったかな。

小人の村は農業が盛んなので様々な食材がある。スライムたちが使っている食材もその一つらしい。

次のような作業を、僕が寝ているうちに済ませていたらしい。

小麦粉に植物油と、岩塩を入れて少しずつ水を加えながらこねていく。それをまとめると綺麗に磨かれた、大きく平らな石の台に移し、さらにスライムみんなでこねる。

柔らかすぎたら粉を足し、硬くなったら水を加えて生地がなめらかになるまで続ける。

生地が完成したら大きな葉を被せて少し寝かせておく。

僕が起きてからは、準備していた生地《きじ》を円《まる》く伸ばし、その生地に予《あらかじ》めトマトを潰して煮詰めたソースを塗る。

そこに、小人の村で育てているヤギの乳から作ったチーズと香草をパラパラ。

最後に石窯に放り込んで、あとは待つのみだ。

従魔の住処に、食欲をそそる匂いが満ちていく。

みんなも、美味しそうに焼けたチーズとトマトの香りに誘われて、部屋の中央に置かれたテーブルに集まってきた。

朝食は〝トマトと香草とヤギのチーズのカリカリピザ〟に〝蒸しジャイアントトードのサラダ〟だ。

ドングリとアケビにはもう一品、牙《きば》ウサギの肉に塩コショウを振り、オーブンで焼いたものもついている。

それを見たレッキスが、〝バースニップのオーブン焼きはないのか〟的なリアクションをしていたが、料理担当のスライムたちは華麗《かれい》にスルーしたようだ。

それにしても、調理器具がどんどん増えているな。

お玉？　的なものだけでも様々なサイズがある。

僕の知らないところで、スライムたちがニュトンたちにいろいろお願いしているのだろう。

今日作ってくれたピザは、発酵させた生地を使えばもっとフワモチのものが作れるという。

リンゴなどの果実を使ったピザもあるらしいから、時間があるときに試してみるのもいいかもしれない。

食後は外に出た。

日の出から少し時間が経ち、太古の大湿原を囲む霧の壁は、ゆっくり晴れ始めていた。金曜日に霧が晴れるのはほぼ決まりだろう。

日の光がゆっくりと差し込む光景は、目を覚まし活動を始める大小様々な恐竜の姿もあって、とても幻想的だ。

従魔のみんなが僕の朝寝坊を許さないのもよくわかる。寝坊してこの光景を見られないのはもったいないもんね。

僕が起きて扉を開かなければ、みんなも従魔の住処の外には出られない。何より従魔たちが僕と一緒にこの光景を見たいと思ってくれていることが嬉しかった。

景色をぼーっと眺めていると、テリアが僕の服を引っ張った。

「あるじ、あれあれ、おおきい、すごい」

テリアが興奮して指さす方角には、首を伸ばして高い木の葉をムシャムシャと食べる、首と尻尾がとても長い恐竜の姿があった。

距離があるのではっきりとはわからないけど、木の大きさから考えて二十メートル以上はあるんじゃないだろうか。

テリアとボロニーズが言う。

「かっこいい、かっこいいね」

「うん、テリにい、あれ、かいたい」

子供に欲しいものをねだられるのってこういう感覚なのだろうな。子供にって……僕もまだ子供だけど、ここではみんなのお父さん的な感じだしね。

以前、カスターニャの町の門番ウーゴさんが、子供にねだられたときは頭ごなしに断るんじゃなく〝頑張ったら買ってあげるぞ〟とか〝もう少し小さいものにしなさい〟とか伝えるといいとか言っていたな。

この場合は――

「テリア、ボロニーズ、あれだと家に入らないよ。もう少し小さいのにしようね」

これだ！

「わかった、ちいさいの、さがす」

ボロニーズが元気に応える。

(主様、草食恐竜を飼うと食料が足りなくなりますぞ。かといって恐竜をそのあたりの草原に放し飼いにはできませんし)

フローラルが僕を諭《さと》した。

確かに……

「テリア、ボロニーズ、あれを飼うためにも、まずは恐竜を飼えるだけの食料探しを頑張ろう」

「うん、がんばる」

テリアがそう言って〝エイエイオー〟とガッツポーズをした。

このパーティの一番の問題は、一般常識を身につけている人がいないことだろう。過去の記憶がないテイマーと、魔物たちの集まりだから仕方がないのかもしれないけど。

✽

翌日、僕たちは新ダンジョンの攻略にやってきた。

久しぶりのダンジョンにみんな意気揚々《いきようよう》といった雰囲気だったが、一つ気になることがある。

ファジャグル族の村長のドドさんが、こんなことを言っていたのだ。

「ルフト様、ダンジョンは十分お気を付けください。人の手が長年入っていないダンジョンでは、ときに不思議なことが起こると言われております。特に初攻略のダンジョンでは、強力な魔物が発生することもあるらしいのです」

ドドさんは珍しく険《けわ》しい表情だった。浅瀬にある初級ダンジョンだし、それほど危険はないとは思うんだけど……。

(お父様？　考えごとですか)

ローズが心配そうに僕の顔を覗き込む。

「なんでもないよ。初めて入るダンジョンだからね！　気合を入れていたのさ」

僕はローズの頭を撫でながら言った。

今はダンジョン攻略に集中しよう。

ドドさんに教えてもらったダンジョンの入り口には、長い葦《あし》があたり一面に生えていた。小人たちが作った位置を記憶する魔道具がなければ、たどり着けなかっただろう。

広い森の中で、地面に空《あ》いた小さな入り口を探し出すのは、余程の運がないと難しいことだと思う。

そう考えると見つかっていないダンジョンって、結構あるのかもしれないな。

それはともかく、僕たちは入り口から続く階段を下る。

これまで経験したスライムダンジョンや植物ダンジョンとは違い、このダンジョンの中は明かりがなく真っ暗だ。

持ってきた魔道具のランタンに魔力を流す。

階段を下りきる少し手前で、僕らは立ち止まった。

ランタンに照らされたダンジョン内は少し大きな真四角の空間になっていた。周辺の地形が影響しているのか、壁からは常に水が染《し》み出し、地面に浸水している。

暗くてよくは見えないけど嫌な臭いもしないし、汚い水ってわけでもなさそうだ。

階段を下りる前に、手持ちの槍を使って水深を測る。

水の深さは二十センチほど。

ニュトンたちが作ってくれた防水の長靴《ながぐつ》はあるものの、背の低い従魔だと溺《おぼ》れたり、水に足を取られたりすることもありそうだ。水が苦手なレッキスと背の低いニュトンたちは、従魔の住処でお留守番かな。

(主様、水の中に何かいますぞ)

魔物の存在に最初に気付いたのは、フローラルだった。

その瞬間、水の中から急に水弾が発射されて、僕が手に持つランタンを弾き飛ばした。

足元近くに魔物がいないのを確認してから、僕は水中に隠れる魔物に意識を向けると、水の中に落ちたランタンに向けて再度水弾が放たれた。

明かりに反応しているのかもしれないな。

「暗くても平気なのは、フローラルとレモンだけかな?」

声を潜《ひそ》めて従魔たちに聞く。

(スライムたちも大丈夫かと思います。テリアとボロニーズ、ドングリとアケビも少しなら夜目《よめ》はきくと思いますが、真っ暗ではさすがに見えないかと)

レモンがすぐに答えてくれた。

「うん、ちょっと、みえる」

テリアがいつもの癖で元気よく返事をすると、テリアに向けて水弾が飛んできた。それをボロニーズが盾で防ぐ。

明かりほどではないにしろ、音にも反応するようだ。テリアは両手で口を塞《ふさ》ぎ〝あるじ、ごめん〟としょんぼりしている。

「先頭はブルーさんにお願いするね」

ブルーさんが迷宮胡桃の盾を持ち、先頭に立つ。

僕は腰に吊るしていたポーチからプチトーチソウの花を何本か取り出すと、花を潰して発光させる。

それを水面に撒《ま》き散らした。

「流れ弾に注意してね。光に反応して魔物が顔を出したら、各個撃破よろしく」

水に浮かぶプチトーチソウの明かりに反応して、水中の至るところから水弾が発射される。その瞬間、水弾を放った魔物一体をレッドさんの槍が貫いた。

槍の先に刺さっていたのは、大きさ三十センチ前後の二枚貝の魔物だった。

いる場所さえわかれば、強い相手ではなかった。明かりに反応して水弾を飛ばす貝の魔物をみんなで次々と倒していく。

しばらくして魔物すべてを倒し終えたのを確認すると、僕は貝の魔物の死体に『鑑定』の魔法を使った。

【ビーストクラムの死体】
特徴：水弾を飛ばす二枚貝の魔物。身には毒があり、食用不可。

食べられないけど、貝殻は何かに使えそうかな。

毒対策に、ジャイアントトードの皮で作った手袋を着けて貝殻を剥ぎ、魔石を取り出す。いらない身の部分は、その場に捨てた。

暗くて見えにくいのは厄介だが、倒し方さえわかってしまえばあとは簡単で、明かりを囮《おとり》にビーストクラムを片付けて進む。

そうして僕らは四つ目の部屋に足を踏み入れた。

そこでは今までと違う魔物が襲ってきた。水面が波打ち、プチトーチソウの明かりに照らされて、水からはみ出す魚の背びれが見えた。

正面から突っ込んでくる魚のようなそれを、ブルーさんは盾で受け止める。僕はすかさず、ゴブリンハンマーで魚の頭を殴った。

魚特有の生臭《なまぐさ》い臭いと血の臭いが部屋の中に広がる。

魚の魔物はバシャバシャと音を立てて水面を叩きながら一気に向かってきた。

暗闇の中でほとんど目が見えていない僕とローズを残し、みんなは武器を持って迎え撃つ。

近くに浮かぶ魚の魔物の死体にランタンの明かりを近づけてみた。大きさは一メートルもないだろう。

黒い虎柄模様《とらがらもよう》で、体には四本の足みたいなものがあった。

『鑑定』魔法を使ったところ、この足のついた魚は食べられるらしい。

【ウォーキングタイガーキャットの死体】
特徴：足がある魚の魔物。白身が淡白で煮付けもオススメ。食用可。

大きな川も海もないこのあたりで、魚は贅沢品《ぜいたくひん》だ。

小人の村を出発する際に〝お土産楽しみにしています〟と、たくさん予備の冷凍庫を持たされているし、持って帰るか。

魚の魔物をある程度倒し終わった後――

僕らは床が高く、水が来ないようになっている場所で、地下二階へ続く階段を発見した。ここなら、綺麗に魚を解体できそうだ。

従魔の住処から厚めの包丁を取り出し、みんなでウォーキングタイガーキャットの解体を始めた。

魚は暴れると全身に血が回って身が硬くなるため、できるだけ早く殺して血抜きをした方がいいと本で読んだことがあった。でも、そもそも血抜きの方法を覚えていないし数も多いので、適当に捌《さば》いていく。

少し大きめに切った身は、殺菌作用のある葉に包んで冷凍庫へ。

ニュトンたちが顔を出し、使える素材を確認する。硬い背骨は武器にできそうだ。今回は狩りよりも解体に時間がかかりそうな予感がするよ……

結局、ウォーキングタイガーキャットの解体が終わる頃には昼を過ぎていたため、いったん従魔の住処に戻り、この魔物を食べてみることにした。

シンプルに食べやすい大きさに切り、塩を振って焼いてみたんだけど、生臭さもまったくない。若干淡白な味には思えたが、美味しかった。

その後、ニュトンたちが作ってくれた装備に着替える。

僕たちがダンジョンの探索をしている間もニュトンたちは、深い水場でも動けるようにと、体をすっぽり覆う胴長靴《どうながぐつ》をジャイアントトードの皮で製作してくれていた。

ドングリとアケビの分は、肩まですっぽり入れるタイプだ。みんなで着るのを手伝ったけど、着るのも脱ぐのもなかなか時間がかかりそうだな。

こうして束《つか》の間《ま》の休憩を終えた僕たちは、新装備〝ジャイアントトードの胴長靴〟で地下二階へ進んだ。

✽

地下二階――

このダンジョンの特徴は、床が水浸しであること、階段周辺の床が高くなっていることだ。

水質を確認したところ、透明度が高くとても綺麗であることがわかった。だからといって好きこのんで、この水を飲もうとは思わないけど。

（主様、この部屋は広い円形状で、奥に一つ宝箱が置いてあるのが見えます）

暗視能力がほぼない僕を気遣って、レモンが教えてくれた。

おそらくここは未踏破のダンジョンで、宝箱はまだ誰にも開けられていないだろう。中身には期待できそうだ。

僕は、槍の柄《え》で水深を測る。

三十センチくらいか……少しだけ深くなったかな。

（主様、おそらく上にいたのと同じ魚の魔物が水の中に潜んでいます。しかもかなりの数です）

レモンが魔物の存在を知らせてくる。

こういう状況だと、特定の相手にしか聞こえない念話はすごく便利だ。確かに耳を澄ませば、生き物が動く音があちらこちらから聞こえてくる。

かなりの数って……魚の解体係を担《にな》う僕には悪い情報にしか思えない。

「レモンとフローラルには魔物の位置が見えているんだよね？」

（はい、この水の深さでは背中が丸見えですから）

（レモンの言う通り、ほぼ丸見えですな）

確かに水深三十センチじゃ、あの大きさの魔物は背中が水の外に出ちゃうよね。

必要な素材は中骨くらいだし、外傷を気にしなくていいなら遠距離攻撃で先制して、向かってきたらみんなで叩くか。

僕は簡単な作戦を決めてみんなに伝える。

「フローラルとレモンは魔法で攻撃を、グリーンさんはクロスボウで狙撃をよろしく」

僕の指示を聞き、フローラルとレモンが魔法を唱える。

二匹の頭上に、魔法の矢と氷の弾丸が浮かび、そのまま水の中に潜む魔物たちへと放たれた。

氷の弾丸を放つ『アイスバレット』は、水温を下げるはずだから、上手くいけば魔物の動きも鈍《にぶ》くなるはずだ。

グリーンさんも二匹に合わせて矢を放つ。

僕はプチトーチソウの花を潰して水の中に投げ込んだ。

魔法攻撃から生き残った魔物たちが、僕たちに向かって突っ込んでくる。階段を背に構える僕たちに、数が多い魔物たちはお互いの体を押し合いながら迫る。

口をパクパク開けて群がる大量の魚って……かなり気持ちが悪い。

僕たちはひたすら目の前の魔物に武器を振るう。

数が多くても一度に襲ってくる魔物の数は限られているし、魔物の死体が増えるとそれが防波堤になって魔物たちの行く手を阻《はば》む。

（お父様、掃除します）

ローズが一歩前に出ると、腰を落とし、スコーピオンで豪快に魔物の山を横殴りにした。空中に飛ばされる魔物の死体。

かろうじて生き残っていた魔物は、そのまま水面に激突して動かなくなった。

そんな作業を繰り返し、部屋の魔物をすべて倒す頃には、僕らの全身は魔物の返り血で真っ赤になっていた。

しかもかなり生臭い。

潰してしまった死体やバラバラに砕《くだ》けてしまった死体からは魔石だけ抜き取り、状態の良い死体だけを選んで解体していく。

先に生臭い体を拭きたかったが、魔物を解体すればまた汚れることになるんだし、今は我慢して終わらせないと。

「水浴びしたい……水浴びしたい……水浴びしたい……妖精の泉の水を頭からかぶりたい」

僕はブツブツ言いながら作業を続けた。

この魔物の解体にも少しは慣れたつもりでいたんだけど……数が多くて一時間以上かかってしまった。

はあ、やっと終わった。

いったん従魔の住処に入り、みんなで体を拭いた。

「あるじ、またすぐ、よごれる」

僕があまりにも入念に体を綺麗にしていたせいだろう。テリアが急《せ》かすように言ってきた。

「うん、そうだね。気持ち悪いけど我慢するか……適当に拭いて先に進もう」

こうして魔物の血で汚れるのも日常茶飯事《にちじょうさはんじ》になったな。

死に立ての魔物の解体をするのだから血が噴き出したり、腸を傷つけて排泄物《はいせつぶつ》まみれになったりすることもある。

妖精の泉の水には、ちょっとした消臭効果があるから、僕的には汚れたら頭から水をかぶりたいんだけど、従魔たちにはなかなかこの感覚を理解してもらえない。

そんなこんなで、僕らは従魔の住処を出て先に進むことにした。

とにかく今は宝箱だ。

僕は先ほど魚の魔物を倒した部屋を歩いて、高い場所に置かれた宝箱のもとにたどり着く。

それを安全な場所に置いて、蓋を開いた。

中には、長さ三十センチほどの魔物の牙が一本入っていた。

「なんの牙なんだろう……？」

興奮を抑えて、僕は早速『鑑定』魔法を使う。

【アースドラゴンの牙】
特徴：地属性を持つドラゴンの牙。

これは……大当たりだ！

思わず鼻の下を伸ばしてニタニタしてしまった。

（お父様、ずいぶんと嬉しそうですね）

僕が怪しく笑っているので少し引きながらもローズが話しかけてきた。そんな娘の態度にも今の僕の心は折れない。

「見てよこれ、ドラゴンの牙だよ。正真正銘《しょうしんしょうめい》の竜種《りゅうしゅ》、ドラゴンの牙なんだ。魔術師たちが作る〝竜牙兵《りゅうがへい》〟の触媒《しょくばい》にもなるから高値で売れる。超お宝だよ」

つい言葉に力が入ってしまう。

魔法で竜の牙から生み出される生物〝竜牙兵〟は、ゴーレムやホムンクルスに並ぶ人造可能なことで有名な魔物だ。

（高値で売れるお宝ですか？　先ほどの興奮気味な態度を見て、もっと別のものかと思ったのですが……お父様はお金より自分の興味をそそるものに目がないですから）

ローズが、〝困ったお父様〟と大きくため息をついた。

「ローズは鋭いね。ドラゴンの牙は魔力の強い土に埋めると稀《まれ》に〝スパルトイ〟という魔物になることがあるらしいんだ。あのスパルトイだよ」

説明しながら、僕はさらに興奮してきた。

（フフ……お父様のことはお見通しですわ。それにしても魔力の強い土ですか？　そんな土どこにあるんでしょうか？）

ローズは首を捻《ひね》る。

「うん、魔力の強い土なんて、アリツィオ大樹海の奥地くらいにしかないんだけどね。でも、従魔の住処の土ならもしかしたらって思ったんだ。埋めて変化がないなら、売ればいいわけだし」

竜牙兵は骸骨《がいこつ》の剣士という話だけど、スパルトイは黒い鎧に包まれた戦士らしいんだよね。

それが本当ならとても楽しみだ。

✽

その後、僕らはブルーさんを先頭に進んだ。

ある通路に入ったところ、ビーストクラムの放つ水弾とは比べ物にならないくらい大きくて重い水弾が、ブルーさんの盾に当たった。

どうやら通路を進もうとすると、それを拒むように水弾が連続で飛んでくるようだ。

ブルーさんとボロニーズが盾を構えて何度も突入してみたが、進めるのはせいぜい二、三メートル。

それ以上は水弾に押し戻されてしまった。

「魔物じゃなくて、ダンジョンの仕掛けとかなのかな？」

（いえ、魔物の仕業《しわざ》ですね。しかも大きい魔物です）

僕の呟きに、レモンが通路から奥を覗いて分析してくる。

いろいろ試してみた結果、魔法を撃ち込むことで、水弾の発射を遅らせることができるとわかった。

（魔法を撃った直後に、一気に突入するのはどうでしょうか）

レモンが聞いてくる。

「次の部屋に何匹魔物がいるかわからないのが不安だけど、それしか方法はないね」

作戦が決まれば、みんなで話し合いだ。

足の速さを考慮して、突入する順番を決める。

ボロニーズを先頭にテリア、フローラルとレモンを乗せたアケビ。

次に体の大きなドングリがホワイトさん、ブルーさん、レッドさん、グリーンさんのスライム四匹を背負って続く。

僕とローズが最後尾になる。

（では、いきます）

レモンのかけ声の後すぐに、『アイスバレット』が一斉に撃ち込まれた。

僕らは一気に突入を試みる。

ボロニーズが部屋の中に入ると、発光させたプチトーチソウを水面に撒く。

そのまま進むと、目の前に全長三メートル超えの巨大貝がいた。水弾を発射していたのはこいつだ。

ボロニーズは速度を落とさずに盾ごと突っ込んだが、貝の魔物は無傷だった。テリアも巨大貝をメイスで何度も殴る。

貝の殻は余程硬いらしく、傷をつけることすらできない。

それでも、二匹の頑張りで全員が部屋の中に入れた。巨大貝の他にビーストクラムもおり、僕は何発か水弾の直撃を受けそうになる。

巨大貝の殻はとても硬かった。

テリアとボロニーズが何度叩いてもびくともしない。巨大貝が二匹に反撃しようと殻を開いて水弾を吐き出そうとする。

その一瞬をローズは見逃さなかった。

ローズのスコーピオンが水を発射していた管ごと、巨大貝の体を貫いた。そして二枚の貝殻が大きく両側にだらしなく垂れ下がり、動きを止めた。

【ジャイアントクラムの死体】
特徴：殻がとても硬い大きな貝の魔物。食用不可。

これも食べられないのか……

『鑑定』を使った僕はがっかりする。

まあ、貝の魔物は寄生虫が多いから食べるのに注意が必要だって聞いたけど……でも一度食べてみたいんだよね。

僕は落ち込みながらも手は止めずに、ジャイアントクラムを解体する。

魔石を取り出していると、中から直径十センチ以上の大きな真珠《しんじゅ》が見つかった。貝殻と一緒に回収する。

それから僕らはまた先へ進んだ。

今度の部屋でもまた新しい魔物が出た。

長さ二メートルはある蛇《へび》のような魔物だ。口は大きく、細くて鋭い歯がたくさん生えている。特徴的なのは、胸と腹についた長い髭のようなひれだ。

テリアがそのひれに足を掴《つか》まれ、部屋の奥に引きずり込まれそうになったが、ローズが魔物の頭を一撃で斬り落としてそれを防ぐ。

その後も蛇に似た魔物は、広い部屋を利用して様々な方向から次から次に襲いかかってきた。

ただ、魔物自体が大きいため数は少なく、部屋の魔物をすべて倒すのにはそう時間はかからなかった。

【アリツィオケラトドゥス】
特徴：鞭《むち》のようなひれを使って歩くことができる魚の魔物。食用可。

蛇じゃなく魚だったのか……

こんなにぬるぬるした見た目で食べられるということに驚きしかない。

美味しいのかな？

アリツィオケラトドゥスをニュトンたちに見てもらったところ、素材として使える部分はないとのことで、厚い身だけを残して他は捨てる。

この部屋にも宝箱が一つあった。

中身は、長さ三十センチの鍔《つば》のついた短剣。

興味本位で短剣を手に取り、鞘《さや》から抜くと刀身がうっすら青く光っていた。これが噂に聞く魔法の武器なのだろう。性能が気になるので早速『鑑定』する。

【魔法のロンデルダガー】
特徴：手にした者の魔法の威力を高める。

魔法使い用の武器だ。

僕のパーティで魔法をメインに使うのは、フローラルとレモンの二人。どちらが持つか相談したところ、レモンが使うことになった。

鞘から抜かずとも持っているだけで効果のある武器なので、レモンはリュックのように背負って運ぶそうだ。

その後も、毒を持つカエルや奇妙な魚の魔物に襲われながらも、僕らは先へ進んだ。

✽

ダンジョンは忙しい。

部屋を移動するたびに、新しい魔物が現れては襲ってくる。

魔物を倒して、使えるものはその場で解体を済ませ、先に進む。

その繰り返しだ。

しかも、今回のダンジョンには明かりがない。魔物に気付かれないように、途中からランタンを使うのを極力控えた。

ダンジョン挑戦はまだ三回目だけど、本当に疲れるな……でも従魔の住処がある分、疲れたら安全な場所で休憩を取れる僕らは、まだ幸せなのだろう。

(主様、そんなに疲れているなら一日くらい休むのもいいんじゃないですか)

従魔の住処で椅子に座ってぐったりする僕に、レモンが休憩を提案してきた。

ちなみに、僕の膝の上にはホワイトさんが乗り、僕にぷにぷにされている。

スライムたちを触っているだけで、肉体的な疲れだけじゃなく精神的な疲れも癒《いや》される気がするのだ。

「ありがとう、レモン。だけど、そうもいかないかな……」

膝の上に乗ったホワイトさんの頭を一度撫でてから、ホワイトさんを優しく地面の上に置いた。

僕の目の前には、魔物の血や体液で汚れた服と装備が山と積まれている。

この手入れをしなきゃいけないと思うだけでも泣きたくなるのに、今日は浅いとはいえ歩き慣れない水の中を進んで疲れている。

普段と違う状況だからこそ、装備の手入れも万全にしておかないといけないのだが、この惨状《さんじょう》になかなかやる気が出なかったのだ。

ニュトンたちは、鉄製の装備が血で錆《さ》びないようにメンテナンスしている。

並行して、このダンジョンで狩った魔物の素材の利用法も考えてくれているみたいだし、彼らには頭が上がらない。

「さて、僕もやるか」

気合を入れ直し、ニュトンたちの鍛冶区画から、白いクリームが入った瓶を借りてくる。

これはカスターニャの町にいた頃お世話になっていた、メルフィル雑貨店の人気商品〝革装備専用クリーニングクリーム〟だ。

この白いクリームを革製品にまんべんなく塗り込んで時間を置くと、汚れが液状になり表面に浮かび上がってくる。

あとは汚れを拭き取り、最後に防腐剤《ぼうふざい》入りの〝革装備専用メンテナンスクリーム〟を塗り込めば完成だ。

テリアとローズも僕の横に来て手伝ってくれた。

こうしてみんなと一緒に作業をするのは楽しい。のんびりとものづくりをする毎日も悪くないかもしれないな。

防具の掃除と服の洗濯を終えると、今度はダンジョンデビューの新装備〝ジャイアントトードの胴長靴〟を洗う。

　こちらは少し水をかけるだけで汚れが落ちていく。服なんかもジャイアントトードの皮で作れば手入れも楽になりそうだ。

　まあ布製の服も洗った後に『乾燥』の魔法で乾かせば、だいぶ時間の短縮ができるんだけど……問題は僕以外誰も共通魔法が使えないことだろう。

「そろそろ鎧も新しくしなくちゃな」

　僕は思い入れのある革鎧の汚れを落としながら呟く。

　僕の革鎧は、カスターニャの町に僕を連れてきてくれた兵士のおじさんたちから貰ったものだ。その時点で中古だったせいもあるけど、毎回汚れをきちんと落としているとはいえ、何度もついた魔物の血や体液の汚れで革の傷みが酷い。

　傷がついたり破けたりもしているから、僕の鎧は縫い目だらけだ。

　そろそろ新しい鎧を作ることも考えないと。

　せっかくだし武器も一緒に新しくしたいな。

　防具の手入れを終えた僕は、夕食の準備をした。

　ウォーキングタイガーキャットの白身を一口大に切って、酒とハーブで臭みを消す。塩コショウで下味をつけて少し寝かせ、最後は小麦粉をまぶして植物油でカラッと揚げた。今日は小人が持たせてくれたパンとの相性を考えて揚げてみました。

「ボロニーズ、悪いんだけど、畑からカイランを採ってきてくれないか」

カイランは葉が丸まって重なって育つ、レタスに似た野菜なのだが、魔力の強い土を好む傾向がある。根を残せば数日でまた葉をつける、便利な野菜だ。

「わかったー」

洗濯物を干していたボロニーズはそう言うと、いったん手を止めて尋ねる。

「あるじ、なんたまいる？」

「二玉お願い」

「わかった」

ボロニーズが畑に採りに行ってる間に僕は、硬いパンを軽く焼き直して半分に切っておく。

ボロニーズが持ってきてくれたカイランと揚げた魚のフライをそのパンに載せ、最後に小人の村で育てられた黒アヒルの卵で作ったマヨネーズをたっぷりかける。

これで〝ウォーキングタイガーキャットのフライサンド〟の出来上がりだ。

作業の合間に食べられるような料理にしてみた。

「みんな、明日は一日休みにするから、今日は頑張ろう。手が空いた人から食事は適当に食べてね」

僕の言葉に、それぞれが返事をした。

僕も魚のフライのサンドを口に詰め込んで水で流し込み、革鎧の『乾燥』作業へと戻った。

✽

作業が一段落したらしいフローラルが、僕の側にやってきた。

（主様、ドラゴンの牙はこれから植えてみるのですかな）

フローラルもドラゴンの牙には興味があるらしい。

「うん、明日は休みだし、夜更《よふ》かししようかと。フローラルもアースドラゴンの牙が気になるの？」

（いえ、主様がとても嬉しそうだったのでつい……それにキンギョソウの妖精は竜に近しい存在なのです）

確かキンギョソウの精霊であるフローラルを仲間にしたことで、僕はドラゴンを少しだけ従魔にしやすくなっているんだっけ。

ドラゴンの住処にはキンギョソウが咲いているという噂も聞いたことがある。キンギョソウは火の精霊とも関係が深い、不思議な植物だ。

ひとまず僕は牙を埋めるため、従魔の住処の畑に穴を掘った。

人みたいな魔物が出てくるんだよね？　それなら少し大きめに掘っておくか……土も柔らかくした方がいいよね。

くわで耕した後に、大きなスコップを使って自分が立ったまますっぽり入れるくらい深い穴を掘った。

アースドラゴンの牙を投げ入れて、土をかける前にみんなで手を合わせる。なんとなく神頼みをしたかったのかもしれない。

埋めてみたのはいいけど、スパルトイってどれくらいで生まれるものなんだろう？

僕は気になって、埋めた穴の前でボーッと見つめる。

従魔のみんなも一緒になって観察している。

おっ……ドラゴンの牙を埋めてから、まだ十分も経たないうちに畑の土が揺れ始めた。土はどんどん盛り上がる。

土の中で成長しているのだろうか？

土が動き始めてから約五分、土の中から黒い腕が生えてきた。

徐々に地上へと姿を見せる、黒い全身鎧の戦士。

戦士というよりは、騎士が着る鎧に近い。

身長は百八十センチくらい。

真っ黒い鎧を着ているせいかなかなかの迫力がある。

言葉は喋れないらしく、黒い鎧の騎士は土から這《は》い出ると何も言わずに僕の前に跪《ひざまず》いた。

中身が気になったので聞いてみたところ、鎧は脱げないようで落ち込んでしまった。僕の期待に応えられなかったのがそんなにショックだったのか……

とりあえず僕は、黒い鎧姿のスパルトイに名前をつけた。

「君の名前はブランデルホルストだ。よろしくね」

僕はスパルトイに右手を向ける。僕の右手とブランデルホルストを光の鎖が繋ぎ、僕たちを淡い光が包み込んだ。

また一匹、僕に大事な家族が増えた。

✽

ダンジョン探索を休みにした今日は、丸一日装備の手入れと、畑の管理に精を出す。

また、ニュトンたちと一緒に新装備の製作にも励んだ。

新装備といってもその大半は、小人たちの従魔キノコンコン用である。

例えば槍を製作した。ブラウンシダーで柄を作り、ウォーキングタイガーキャットの背骨で刃を作ったシンプルなものだ。これなら、ニュトンたち以外でもできるから数が作れた。

✽

その翌日。

僕らはダンジョンの地下三階に潜った。フロアは暗いままで、水深は五十センチを超えてかなり動きにくい。

普段だと僕やテリアやボロニーズは予備の武器も腰に吊るしているが、今日は全部置いてきた。出発前〝水に浸かると武器が傷むから持っていかないでほしい〟とニュトンたちが身振り手振りで必死にアピールしたのだ。

ニュトンたちは言葉が喋れないから、ちょっとしたジェスチャークイズ気分だった。

この部屋は縦に長い奥行きのある空間となっており、広すぎるため明かりを灯しても遠くまで見えない。夜目がきかない僕とローズはここでも戦力にならなそうだ。

そんなわけで僕とローズは、階段近くの高い床を使い、みんなが倒した魔物を運んでは解体を続ける。

救いだったのは、新しく仲間になったブランデルホルストが暗闇でも問題なく動けたことだ。

ブランデルホルストは僕の指示がないと動かないが、学習能力は非常に高く、戦闘を重ねることでみんなとの連携も良くなった。

ただし、ブランデルホルストは、剣、鈍器、盾以外は手に持てないという欠点があることが判明した。持とうとすると、反発する磁石みたいに武器が離れてしまうのだ。

この部屋にいる魔物は二種類。

二種類とも蛇のような体をした魔物で、一つは上の階にもいたアリツィオケラトドゥス。もう一つは、この階に来て初めて遭遇したアナゴに良く似た魔物だ。

体は二メートルと長く、胸びれの代わりにカエルに似た二本の腕がある。

僕はこれらの特徴から〝スワイプイール〟という魔物だと分析した。

スワイプイールは白身に脂がのっている凄く美味しい魔物なので、みんなが頑張って戦う横で、僕はその魔物をどう食べるかばかり考えていた。

「あるじ、ぜんぶ、たおしたぞー」

「ぼろにーずに、かずでまけた、しょんぼり」

テリアとボロニーズが魔物の死体を運びながら報告する。

「二匹ともお疲れさま」

僕は頑張った二匹の頭を撫でた。

（奥に主様が大好きな宝箱もありましたぞ）

ドングリの背中に乗るフローラルが笑顔で言った。

確かに宝箱は好きだけど、嫌いな人はいないと思う。それでもそういう言い方をされると自分が欲深い人間に思えてしまい、少し恥ずかしく感じた。

宝箱は中に入っているアイテムによってその形状が変わる。目の前にある宝箱は細長く幅が二メートル近くもある。

本当は宝箱ごと持ち帰りたかったんだけど、残念なことに宝箱は破壊できても、その場所から動かせない。

問題の中身は、穂先が青白く光る、長さ百五十センチの魔法のトライデントだった。トライデントとは三叉《さんさ》の槍のことだ。

僕は『鑑定』魔法を使う。

【魔法のトライデント】
武器：槍
効果：水の抵抗を受けない。

微妙な効果だな……とはいえ、性能自体は良さそうだ。

この魔法のトライデントはレッドさんが持つことになった。

テリアに〝あるじ、つかわないの？〟と聞かれたけど、戦闘で役に立っていない僕が性能の良い武器を持っても意味がない。

それに光る武器を僕が持ったら魔物に狙われて、フォローする従魔たちが忙しくなりそうだ。

ちなみにローズは、軽い武器では物足りないと自ら断った。


狩った魔物の解体を終え、僕らは次の部屋へと向かう。

部屋に入るや否や、ブランデルホルストが、床に広がる水の中に剣を走らせて魔物を仕留めた。

しかし、死体の臭いにつられて、数十匹の魔物が群がってくる。

「いたいっ！」

ボロニーズが魔物に足を噛まれたらしく大声を上げる。

すると、レッドさんがボロニーズを噛《か》んだ魔物を仕留めた。トライデントの先には大きさ四十センチほどの魚が刺さっていた。

水の中を素早く泳ぐ小さな魚の魔物を相手にするのは難しい。

僕らはいったん一部屋目に戻ることにした。

どういう仕組みなのかわからないけど、このダンジョンの魔物たちは部屋の外から出て追ってくることはない。

魚の魔物の群れは、通路の前で引き返していった。

僕たちは従魔の住処に戻ると、魔物への対策を考えることにした。

ボロニーズが履《は》いていたジャイアントトードの胴長靴には、くっきり魔物の歯型がついている。

あの数で一斉に襲われたら、一匹一匹が弱くても数十秒で骨になってしまいそうだ。

僕はレッドさんが仕留めた魚の魔物に『鑑定』の魔法を使う。

【ゼブラピラニアの死体】
特徴：血の臭いに集まる魚。食用可。

食べられるんだ……まあ、食べられるからといって、この大きさの魔物を大量に捌くのは疲れそうでやりたくない。

作戦については、相談した結果、次のようになった。

齧られても平気なブランデルホルストが、一部屋目で倒した魔物を餌にゼブラピラニアを集める。

その後、ニュトンたちが急ごしらえで作った網を使って捕まえて、そのまま網の上から鈍器で殴るという流れである。

網がゼブラピラニアに噛み切られないか心配だったんだけど、ニュトンたちは〝問題ない〟とサムズアップポーズを決める。

フローラルの説明によれば、この網は新しいクロスボウの弦に使うとても丈夫な植物で作られたもので、〝剣でもそう簡単に斬れませんぞ〟とのことだ。

準備ができた僕たちは、思いついた方法を試すため、早速ゼブラピラニアのいた部屋へと向かう。

魔物の死体を水の中に投げ込み、一斉に群がってきたゼブラピラニアを、ブランデルホルストが網を使ってすくい上げる。

続いて、みんなで鈍器を使い、とどめを刺す。

運良く生き残ったゼブラピラニアは個々に撃破し、魔石だけ回収して、潰れた死体はまた餌として水に投げた。

「あるじ、これかいたいなー」

ボロニーズがキラキラした目で僕を見る。

ボロニーズは最近、ペットを飼いたがっているのだ。

ペットって従魔の住処に入るのかな？

試しに、ボロニーズが一匹持った状態で従魔の住処に入ろうとした。だが、見えない壁に遮《さえぎ》られるように、ゼブラピラニアだけが弾かれてしまった。

しょんぼりするボロニーズが、潤《うる》んだ目で僕を見る。

「あるじ……ぺっとほしいよ。これかいたい」

僕の服をちょんちょんと引っ張りながら、ボロニーズがさらに呟く。

僕はなんとかしてあげたいと本気で思った。

従魔たちは、自分のためではなく僕のために日々戦ってくれている。そのくらいのご褒美《ほうび》があってもいいだろう。

僕がそんなふうに考えていると、僕の体から無数の光の鎖が出現した。

「なんだ？　何が起きているんだ!?」

鎖がバラバラに砕け、それまで鎖を形成していた輪の一つ一つが僕の周りに浮いている。

その中の一つが、ボロニーズの目の前で止まる。ボロニーズが手を伸ばし、それを掴み取ると、ボロニーズの手が光った。

「あるじ、あたまで、だれかが、さけんだ」

ボロニーズはそう呟くと、ゼブラピラニアを抱えたまま従魔の住処に入っていった。

今度は弾かれることなく、扉を通過できた。ボロニーズは、大きな桶《おけ》の中にゼブラピラニアを入れた。もう何がなんだか……

しばらくして、手ぶらで戻ってきたボロニーズに尋ねる。

「ボロニーズ、何があったの？」

「じゅうまのじゅうしゃになった」

従魔の従者ってこと？

僕は、従魔の住処にいるゼブラピラニアに『鑑定』魔法を使う。

【ゼブラピラニア】
称号：ボロニーズの従者。

なんとも不思議な名称がついていた。

砕けた従魔の鎖が、ボロニーズにスキルを与えたのだろうか？

わからないことばかりだ。

ボロニーズはその後も二匹のゼブラピラニアを桶に運ぶと、満足そうに笑う。

「あるじ、ありがと」

（主様、少し甘やかしすぎですぞ）

フローラルには釘を刺されてしまった。

とはいえ狙ってやったわけでもないから、僕も頭をかいて誤魔化すことしかできなかった。

その後も、ゼブラピラニアを網ですくっては鈍器で叩くといった作業を、ゼブラピラニアがいなくなるまで繰り返した。

何百匹倒したんだろう……

従魔の住処から取り出した大きな桶には、大量の魔石が山積みになっている。

魔物をすべて倒したのを確認すると、僕らは部屋にあった宝箱を開けた。

宝箱の中には、青白く光る指輪が一つ入っていた。


【ウォリアーリング】

特徴：ウォリアーの技能を付与する指輪。

**　身に着けるだけで剣、槍、鈍器の熟練度が上がる。**


未探索のダンジョンだとは思っていたけど、宝箱の中身がやはり凄い。

こんな魔法の指輪を手に入れられるなんて……

この指輪を売ったらいったいいくらの値がつくんだろう。もちろん手放す気はないけど……弱い僕には願ってもないアイテムだしね。

直接『鑑定』魔法で調べない限り、指輪の効果はバレないはずだし、あまり見せびらかさないようにしよう。

こんな指輪を持っているのがバレたら命を狙われかねない。

こうして宝箱の中身を手に入れた僕らは、さらに下へと進んだ。

✽

僕たちが階段を下り、地下四階に到達した瞬間――

天井全体が光を帯びて明るくなった。

急な変化に驚いて身構えたが、特に何も起こらない。

僕たちが今いる部屋は、三十メートル四方の石造りの空間で、南と西に一つずつ扉がある。今まではとは違い、魔物もいなければ水もない。

「あるじ、とびら、あかなーい」

ボロニーズが南の扉を何度も押したり叩いたりしているが、開く気配はまったくなかった。

僕も西の扉の前に来たけど、鍵穴も取っ手もなく、木製の扉なのに強めに蹴ってみてもビクともしなかった。

「開かないね……壊すしかないかな」

(お父様、私がやりましょう)

僕の呟きに、ローズは嬉しそうにそう言うと、スコーピオンを振り回す。

ダンジョンに突入してから僕と一緒に魔物の解体ばかりやっていたローズは、暴れたくてうずうずしていたのだろう。

でも、美少女がニコニコしながら槍を振り回すのはいろいろ残念というか……

そもそも扉が本当に破壊可能かどうかもわからないし、ニュトンたちが丹精《たんせい》込めて作ってくれた武器が万が一折れたら大変だ。

僕はローズを諭す。

「ダメだよ、ローズ。スコーピオンが折れてしまったら、ニュトンたちに申し訳ないだろう。ここは僕が引き受けるよ」

(わかりましたわ。でも、扉が開いて魔物がいたら私が戦いますからね)

「部屋の中が明るかったときだけだよ」

ローズは渋々納得してくれたようだ。

僕が扉を壊すために取り出したのは、以前ゴブリンの町の壁を壊すのに使った大きなハンマー。

これでブランデルホルストに扉を思いっきり叩いてもらう。

扉の破片が飛び散るのを考慮して、僕らは後ろに下がった。

ボロニーズとブルーさんが、僕らを守るように前に出て盾を構える。

準備ができたところで、ブランデルホルストがハンマーを振り上げて扉を叩いた。

大きな音が響いたものの扉はびくともせず、逆にハンマーの頭が柄から折れて吹き飛んだ。飛んできたハンマーの頭をボロニーズが盾で防ぐ。

「ボロニーズ、大丈夫?」

「て、びりびり、でも、へいき」

ボロニーズが振り返ってVサインをした。

ふと、ブランデルホルストを見ると――その場で土下座していた。

いやいやいや……僕の考えが甘かっただけだし、謝る必要はないんだよ。

なんだかブランデルホルストは、僕と性格が似ている気がする。すぐ謝るところとか。

でも、見た目が黒騎士でカッコいいブランデルホルストには、いつも堂々としてもらいたい。

というのも、ブランデルホルストの姿は僕の理想なのだ。

騎士は物語に登場する主人公の定番。魔法の大剣を手に入れたら、絶対ブランデルホルストに持たせようと密《ひそ》かに決めているしね。

僕は土下座をしていたブランデルホルストを起き上がらせると、別の方法を考える。

ひとまず、部屋の中をみんなで隅々《すみずみ》まで調べることにした。ダンジョンは必ず先に進めるようになっているはずなのだ。

僕らは床を叩いたり、壁を押したりして怪しい場所を探す。

「あるじ、れっどさん、なにか、みつけたー」

テリアが僕を呼んだ。

テリアの横で、レッドさんが全身をくねらせていた。そうして体の一部を矢印状にして〝ここ、ここ〟と床の上を示している。

うちのスライムたちは、日に日に形状変化が上手くなっているね。

レッドさんのいる場所まで行ってみると、レッドさんの矢印の先には一つだけ微妙に色の違うブロックが埋め込まれていた。

これは、明らかに怪しいよね。

「テリア、そこを踏んでみて」

「わかったー」

テリアが色の違うブロックを踏むと――今まで叩いてもビクともしなかった二つの扉が音を立て

て開いた。

急に扉の奥から魔物が飛び出してくるようなこともないようだ。

開いた扉から、フローラルとローズが中を覗く。

（主様、西の部屋は明るくて水も溜まっておりますぞ。水の中にはスワンプイールがウジャウジャいますのー）

（南の部屋も明るいですわ。こっちに水はありませんが、紫色の気持ち悪いカエルがたくさんいます）

二体の言葉に驚いたテリアが、ブロックから足を離してしまう。

すると、二つの扉は音を立てて閉じてしまった。

テリアが謝ってくる。

「ああ、ごめん、あるじ」

「いいよ、テリア。おかげで足を離すと扉が閉まるってのもわかったしね。お手柄《てがら》だよ」

こういうときは怒るよりも褒《ほ》めろだ。

テリアが少し腰をかがめて頭を差し出したので、僕はその頭を撫でてあげた。

テリアがもう一度進化したら、僕が背伸びしても頭に手が届かなくなるかもしれないな……従魔たちの成長は嬉しいけど、こういうのはちょっと寂しい。

そんな感傷に浸っていると――テリアの後ろに従魔たちが列を作っていた。

今はダンジョン攻略中のはずなんだけど……

まあ、いつもみんなには助けてもらっているし、ここはサービスでみんなの頭を多めに撫でておくか。

見た目おじいちゃんのフローラルシャワーの頭を撫でるのは、いつものことだが抵抗があるな……

(ふぉふぉふぉ、気持ちがいいのー)

こんなことを言うからなおさらだ。

ブランデルホルストの頭は、撫でるというかペタペタ触る感じだ。

彼の体は何でできているんだろう?

ドラゴンの牙から生まれてきたし、彼の鎧も竜にまつわる素材なのかな。

(お父様、ブランデルホルストばかり長いですわ)

ブランデルホルストの鎧の観察に夢中になりすぎたみたいだ。ローズが頬を膨らませて怒っている。

「ごめん、少しだけ考えごとをしちゃって」

両手を合わせて頭を下げるも、ローズの機嫌は直らない。結局、もう一周みんなの頭を撫でることになってしまった。

ダンジョンの中でも僕らのマイペースは変わらないね。

さて、気を取り直して進むとしますか。

でも、扉を開けるために一人が部屋に残ってブロックを踏み続けるのもな……

それに、扉が開いている時間に制限があるかもしれない。

どうしたものかと悩んでいると——先ほど扉を壊そうとして壊れてしまったハンマーの頭が目に入った。

僕はハンマーの頭を持ち上げると、色の違うブロックの上に置いてみた。

二つの扉が音を立てて開いていく。

ある程度の重さがあれば、扉は開くようだな。

扉が開いても、他の部屋の魔物が襲ってこないのはさっき確認済みだ。

それならと、遠距離攻撃で魔物を倒そうとしてみたが、部屋の外からの攻撃は魔法も武器も無効化されてしまう。

そんな上手くいくわけないか。

(行ってきますわ)

すると、ローズがスコーピオンを持って西の部屋へと入っていく。暗闇で戦えない状況が続いていたし、ストレスも溜まっていたんだろう。

ニコニコ笑いながら魔物たちを次から次に屠《ほふ》っていく。

ローズの戦いを見るため、部屋の中を覗く僕の肩を誰かが揺らした。

なんだろうと振り返ると、ブランデルホルストが何かをお願いするような仕草をする。

「好きにしていいよ」

僕は軽い気持ちで言い、ローズが楽しそうに暴れる西の部屋へと目を向ける。

――圧倒的だった。

自分よりも大きなスコーピオンを軽々と振り回し、踊るように魔物を倒していく。

槍の動きが速すぎて、僕の目では追うこともできない。

ふと後ろを見ると、同じ槍使いのレッドさんが、ローズの動きを真似て、部屋の隅でトライデントを振り回していた。

しばらくの間、僕はローズの華麗な槍捌きに、ただ目を奪われていた。

(お父様、終わりましたわ)

ローズは満足そうな顔で、返り血一つ浴びずに戻ってきた。

「あるじ、ぶらんでるも、すごい」

ボロニーズに呼ばれたので、今度は南の部屋を覗きにいく。

そこには、斧で魔物を次々と斬り殺すブランデルホルストがいた。

ブランデルホルストの戦い方はローズとは正反対だった。

黒い鎧は返り血と毒液に染まり、剣を持たない左手で自分に向かってくるカエルの頭を握り潰す姿は圧巻だ。

そんな鬼神《きしん》のごとき戦いに思わず見入ってしまったけど――毒を含む血液や体液をあんなに浴びてしまって大丈夫なんだろうか？

ブランデルホルストは倒した魔物の魔石をすべて抜き取ると、それを両手に抱えながら心配する僕の前に戻ってきた。

今さらだけど、さっきの僕へのお願いは〝戦ってもいいか？〟という確認だったのだろうね。

僕はブランデルホルストに尋ねる。

「ブランデルホルスト、毒は受けてないかい？」

言葉の喋れないブランデルホルストは、肯定を示すように大きく頷いた。

「もしかして君って、毒や麻痺《まひ》や病気といったものに対しても耐性があったりする？」

ブランデルホルストはそれにも頷いた。

うちの子たちはホントに優秀すぎる。

ひとまず二つの部屋の魔物を片付けた僕たちは、先に西の部屋から調べることにした。

扉が開いている時間に制限がある可能性を考えて、魔物は解体せずに魔石だけを抜き取る。

西の部屋には、閉ざされた扉が二つあった。

この部屋の床にも色違いのブロックが一箇所あったので、同じように踏んでみた。だが、今度は何も起こらない。

僕はみんなに声をかける。

「他に色違いの部分はないかな？」

スワンプイールの死体を一つ前の部屋に運び出し、みんなで水の中を探す。

「あるじー、ないー」

「ないーないー」

テリアとボロニーズはそう答えたものの、たぶん本気で探していない。こういった作業が苦手なようで、探すのに飽きて遊び始めてしまった。

ドングリとアケビも遊びに参加したいみたいだが、背中にフローラルとレモン、ホワイトさんがいるため我慢しているようだ。

これは、従魔たち全員が飽きてしまう前に早めに謎を解かないと……

僕はそう思って調査を進める。

しかし、扉を開ける方法は一向にわからない。

先に南の部屋を調べる必要があるのだろうか？　そう思っているとローズから声がかかる。

（お父様、床じゃないですが、壁に変なへこみがありますわ）

ローズが発見したのは、直径十センチほどの丸いへこみだった。

人工的なものだな……

床の色違いブロックもだけど、知能を持った生き物がこのダンジョンを管理している感じがするんだよね。

いや、別に生き物でなくてもいいのか。

ダンジョン自体が意志を持っていて、好きに構造を決めているとか、そんな感じかな。

僕が考え込んでいると、待ち切れずにローズが丸いへこみを触った。

すると小さな地響きがして、床に溜まった水が一気に引いていく。

水が完全になくなるまで五分もかからなかった。

さっきの床のブロックとは違い、壁のくぼみはローズが指を離しても水が増えることはないようだ。

水が引いた後に、もう一度色の違うブロックを踏んでみたところ、今度は二つの扉が音を立てて開いた。

早速、部屋を調べてみると、同様の仕掛けになっていることがわかった。魔物をすべて倒し、同じように壁のへこみを押して水を抜く。床にある色違いのブロックには魔物の死体を載せて扉を開けた。

そうやって、次々と連なった部屋をくまなく調査していった。

地下四階すべてを調べた結果、中央に一部屋と、それを囲むように八つ、合計九個の部屋があることがわかった。探索する中で、二つの宝箱と地下五階へ続く階段を見つけた。

宝箱には、魔法の巻物と魔法の指輪が入っていた。

僕は二つのアイテムに『鑑定』を使う。

【『アイスストーム』の魔法のスクロール】
特徴：氷の中級魔法。広範囲に氷雪の嵐を顕現《けんげん》させる。

【スカウトリング】
効果：スカウトの技能を付与する指輪。
鍵開け、罠《わな》解除、危機感知、忍び足、投擲《とうてき》の能力を与える。

うちの従魔たちには斥候《せっこう》に適したスカウト系のスキルを持つ子はいないから、スカウトリングはかなり役立つアイテムだと思う。

そういえば、このダンジョンに入ってもう数日経つ。

金曜日に太古の大湿原に挑むのなら、今日中にこのダンジョンをなんとか攻略したいところだ。

まあ、焦りは禁物《きんもつ》だし、太古の大湿原の探索を一週間ほど先に延ばしてもいいのかもしれないけどね。


地下五階へ続く階段の前で、僕らはいったん従魔の住処に戻った。

朝晩の区別がないこのダンジョンでは、意識的に休息を取ることが大切だ。

僕は、小人の村の村長ドドさんの〝ダンジョンでは不思議なことが起こる〟という言葉が気になっていた。

疲れているときに予想外のトラブルはごめんだからね。

それと、太古の大湿原の探索を一週間先延ばしにした。

僕が今後の予定を考え直している間、テリアとボロニーズは、ペットにした三匹のゼブラピラニアに、魔物の肉を細かく切って与えていた。

二匹が世話をするなら、もう少し大きい水槽《すいそう》も準備したい。

従魔の従者でも戦ったり、レベルが上がったり、進化したりするのだろうか。

目の前にあるものを触ってしまう癖がある僕は、ゼブラピラニアの体を指でツンツンしながら考える。

するとボロニーズが話しかけてきた。

「あるじ、かわいい、だろ」

「うん、歯は怖いけど目は可愛いよね。今のままだと窮屈そうだし、小人の村に戻ったら大きな水槽が作れないか聞いてみよう」

「「やったー」」

ボロニーズもテリアも無邪気に喜んでいた。

✽

次の日も朝早く起きて、みんなでダンジョンの五階へと下りた。

目の前には、ダンジョンのボス部屋へ続くと思《おぼ》しき、大きな石の扉。ダンジョンにはボスが存在していて、ボスを倒すとダンジョンは一時的に閉鎖してしまう。

そしてダンジョンそのものの魔力で自ら破損個所を修復し、また数ヵ月後に復活するのだ。

改めて考えると、凄い仕組みだよな……

僕はダンジョンの神秘に思いをはせながら、ボスに挑む陣形を従魔たちに指示していく。

陣形が決め終わると、フローラルが士気と攻撃力が上がる『妖精《ようせい》の息吹《いぶき》』を全員に吹きかけた。

みんなの目の色が変わるのがわかる。

僕らがすぐ目の前に立つと、扉は大きな音を立てて開いた。

ボス部屋の広さは、どこのダンジョンも変わらないようだ。

以前挑んだところと違うのは、床に水が溜まっていることと、壁に掘られた浅い穴にロウソクが置かれ、扉が閉じた瞬間に火が灯ったことだろう。

ロウソクの明かりに照らされた部屋は、僕でも十分視界が確保できている。

(このダンジョンのボスはどんな魔物なんだ……?)

心臓がばくばくする。

ロウソクの明かりを頼りに僕が部屋の中を見渡すと――中央で四メートル前後の大きな黒い蟹《かに》が動いているのがわかった。

その数は三匹。

「ボスって三匹いることもあるんだね」

緊張している僕が小声で呟くと、ウキウキ顔でローズが聞いてくる。

（お父様、一匹は私がもらってもいいでしょうか？）

戦いたくてうずうずしているローズの期待の眼差《まなざ》し。

左右の手にはスコーピオンと三日月形の斧クレセントアックスをそれぞれ握り、開戦を待ちわびている様子だ。

そんな楽しそうな表情を見せられたらダメとは言えないじゃないか。三匹のボス……これがドドさんの心配していたことなのかな？

それともまだ何かあるのか……

「じゃあ、一匹はローズに任せるよ」

（ありがとうございます、お父様！）

にこやかに笑ったローズに、僕は少しだけドキッとしてしまった。

ローズは左の壁に沿うようにして蟹の魔物の背後に回り込む。

そんな彼女に気を取られていたせいで、僕はすぐ横にブランデルホルストが立っていたことに気付かなかった。

彼の言いたいことはわかる。

ブランデルホルストも蟹の魔物を引き受けるつもりなのだろう。僕からの指示を待っている、そんな顔だ。

これで残り一匹。

あとは残った僕らで頑張らないとな。

「ブランデルホルスト、一匹任せてもいいかな？」

ブランデルホルストは頷き、ローズとは逆側から蟹の魔物へと向かう。

僕たちの存在にやっと気付いたのか、三匹の蟹の魔物は重そうな体をゆっくり起こした。

僕はみんなに声をかける。

「フローラル、レモン、グリーンさん、ニュトンのみんなは先制攻撃をよろしくね」

（あの……主様、攻撃は真ん中の蟹に集中した方がいいでしょうか？）

レモンが代表して質問する。

「その方がいいかな。まあ外れても、ローズとブランデルホルストなら上手くやってくれるはずさ」

こちらの様子を窺《うかが》っているのか、蟹の魔物は一向に動き出す気配がない。

相手が動かないならこちらから攻撃するだけだ。

フローラルたちによる魔法の矢、氷の弾丸、六本の矢がタイミングを合わせて一斉に放たれる。

しかし、矢は甲羅《こうら》にすべて弾かれ、魔法攻撃もまったく効いていないようだ。

次の瞬間――

地震が起きたみたいに部屋全体が大きく揺れた。三匹の蟹のうち一匹が、巨体を揺らしながら僕らに向かってきたのだ。

残り二匹はそれぞれローズとブランデルホルストへ向かう。

蟹なのに横歩きじゃなく、複数の足を器用に使って前に進む。

思っていた以上に足も速い。

もう一度大きく揺れる。

ボス部屋の床が変形し、地面が壁のようにせり上がってきたのだ。

(お父様――!)

ローズの叫び声が僕の頭の中に響いた。

ローズとブランデルホルストと僕らは分断されてしまった。僕らの目の前には、巨大蟹が一匹迫ってきていた。

✽

壁によって分断された直後。

ローズは目の前に急遽出現した壁を睨《にら》んだ。

（……浮かれてしまった。戦いを前にお父様の側を離れてしまうなんて……）

思わず唇を噛むと、緑色の血が流れる。人間とは成分が違うため赤い色ではないが、植物にも人のように血液があるのだ。

壁を見つめるローズに、蟹は大きなハサミを全力で叩きつけた。ローズはその攻撃を右手に持ったスコーピオン一本で軽々と受け止めた。

（邪魔ですわ）

左手に持ったクレセントアックスで蟹のハサミの付け根を叩く。ハサミは一撃で叩き折られてしまった。

ローズの怒りは目の前の蟹の魔物にぶつけられた。

二本の武器を休むことなく連続で振るっていく。

そのたびにハサミが、脚が次々と地面に落ちた。蟹の魔物の脚は二本のハサミを含めて全部で十本。

蟹はそのうちハサミを含んだ七本の脚を失ってしまっていた。

もうすでに、大きな体を支え、自由に動き回ることはできない。

（そういえばお父様は、防具を新調したいと話していましたね……こいつは使えそうです）

ローズは蟹をひっくり返してすべての脚を折ると、最後は脆《もろ》い腹の部分に一撃を入れ、とどめを刺した。

次はローズとルフトを分断した壁だ。

しかし、これを壊そうとすれば武器もただでは済まない。

(お父様はニュトンたちが鍛えた武器を壊すと悲しみます。あとは残った従魔たちに任せるしかありませんね……)

ローズは、両手を胸の前で合わせてルフトの無事をただ祈った。

✽

同時刻――

ブランデルホルストは、目の前に壁が現れたことで主の姿を見失い、動きを止めた。

黒い鎧は、何が起こったのかすらわからない。

蟹は、動かなくなったブランデルホルストを二つの大きなハサミを使い、何度も何度も殴り続けた。

それでもブランデルホルストは動きを止めたまま動かない。

蟹に考える頭があれば、今の状況がおかしいことに気が付けたのかもしれない。

こんなにも殴られているのに、ブランデルホルストの体はその場所から一ミリも動いていなかった。

ブランデルホルストは手に持った斧と盾を地面に落とした。武器を放した手で蟹のハサミを受け止める。

蟹は必死に脚を動かすが、まったく動かない。

ブランデルホルストは顔を上げた。彼が一気に両腕を広げると蟹の体からハサミが〝ブチブチ〟と嫌な音を立てて引き抜かれた。

引き抜いたハサミを捨て、ブランデルホルストは蟹の体を両手で押し始める。

蟹も必死に踏みとどまろうとするが、ブランデルホルストの前進は止まらない。蟹は壁まで追い込まれた。

蟹の甲羅以外の部分が、ブランデルホルストと壁に挟まれて鈍い音を立てて潰れていく。そうして、蟹は完全に動きを止めた。

✽

まずい、分断されてしまった……僕は強い焦りを深呼吸で落ち着かせる。

相手は一匹、数では完全にこっちが有利だ。

フローラルとレモンが『スパイダーネット』の魔法を唱える。

大きな蟹の動きを止めるように絡みつく魔法の蜘蛛《くも》の巣。

爪と脚をバタバタ動かして、蟹は魔法の蜘蛛の巣から逃れようとするが、簡単には抜け出せない。

この様子では、魔法抵抗力はそれほど高くないのかもしれない。

フローラルとレモンは従魔の住処から運び出した大きな石で、『ストーンショット』の魔法を放つ。

射出された石は、蟹の頭に勢いよく命中した。

僕らは魔法の蜘蛛の巣が消えるのを待って、それぞれメイスやゴブリンハンマーといった鈍器を持ち、蟹の魔物に殴りかかる。

狙いは、硬い甲羅ではなく脆い脚の関節だ。

先日宝箱から出てきた武器の熟練度を上げる指輪、ウォリアーリングの力は予想以上に凄かった。

今までは剣やメイスを振ると重心がブレて、狙ったところになかなか思うように当たらなかったのだが、今はここに攻撃したいとイメージするだけで勝手に体が動いてくれる。

蟹が振るった脚も反射的に武器で防ぐことができたし、指輪が僕の動きをアシストしてくれているみたいだ。

大きなハサミの攻撃は、ボロニーズとブルーさんが盾を使って防いでいる。

「なんとか脚の関節を砕いて動きを止めないと……」

僕は蟹の魔物を見据えた。

蟹の魔物は僕らの接近を許さない。

蟹の脚をかわせずに蹴られてしまったのだろう。何匹かの従魔が転がった。そこにアケビの背中に乗ったホワイトさんが、回復効果のあるコノザンナ液が入った瓶を持って駆けつける。

傷を負った従魔たちの症状を見ながら回復魔法『タッチヒール』とコノザンナ液を使い分けて救護している。

何度蹴られても、僕も従魔たちも諦めず蟹への攻撃を続けた。

地道に攻撃を重ねたことで蟹の脚は次第に脆くなってきていた。そしてついに、テリアの気合の一撃で蟹の脚が折れた。

蟹はハサミを振り、テリアを殴ろうとしたが、攻撃はボロニーズの盾ではね返される。

続いて反対側の脚を、レッドさんがトライデントで上手く引っ掛けて捻った。バキバキと大きな音を立てながら蟹の脚がまた一本折れる。

脚を一本失うたびに蟹の動きは悪くなった。

根気よく脚の間接を狙い続けたのがよかった。自分の体を支えられなくなった蟹が地面へと崩れ落ちた。

ボロニーズが抱きつくように抱えた爪の関節に、みんなで体重をかけて一気に折る。

最後は動けなくなった蟹をみんなでひっくり返し、柔らかい腹を攻撃してなんとか倒すことができた。

三匹の蟹がすべて倒されたタイミングに合わせるように――ダンジョンが大きく揺れた。

僕たちを分断した壁が床の中へと消えていく。

壁の向こう側にいたローズと目が合った。

（お父様――！）

ローズが泣きながら走って来るのが見えた。スコーピオンとクレセントアックスを手放し、僕の腕の中に飛び込んでくる。

心配してくれたんだろうな……僕はローズが泣き止むまで、抱き締め続けた。

するとブランデルホルストが、僕を見つめていることに気付く。さすがにブランデルホルストに飛びつかれたら大怪我するよ。

そこでブランデルホルストには、僕の方から抱きついてみた。ゴツゴツしていて痛かったけど家族サービスってことで。

今回は、三つに分断されたことで、怪我人も出てしまった。

ホワイトさんが治療で忙しく飛び回る。

その間に僕は蟹の死体に『鑑定』の魔法を使う。

【キラーポートナスの死体】
特徴：甲羅の硬い大蟹の魔物。身は毒があり、食用不可。

食べられないのか……残念。

ニュトンたちに確認したところ、甲羅とハサミ、脚は素材として使えるようだ。

身に毒があるため手袋をつけて解体する。

前に行った植物ダンジョンのボス、デーモンソーンの魔石もだが、ボス部屋の魔物の魔石は、普通のものよりも少しだけ大きいんだな。

部屋の奥には、ボスモンスターを倒したことで、入り口へ戻る光の紋章《もんしょう》が浮かんでいる。その手前には宝箱も出現していた。

後は、宝箱の確認と紋章に触れるだけなので、まず怪我人をみんなで運んだ。

みんな疲れているし、従魔の住処で先に休んでもらおうと思ったんだけど——結局、僕を一人にはできないと、フローラルとレモンとドングリがその場に残った。

残ったメンバーで一緒に宝箱を開ける。

中に入っていたのは、怪しいお札で封がされた、古びた壺《つぼ》だった。

このまま開ける勇気はないので、もちろん『鑑定』の魔法を使って調べる。

【召喚の壺】
特徴：相性の良い魔物をランダムで召喚できる壺。

今回の宝箱の中身で、わかったことがある。いや、まだ確定ではなく、たぶんそうじゃないかと思ってるだけなんだけど。

思い返してみると、宝箱の中身の多くは僕に都合が良いものが多い。

僕というかテイマーに都合が良いアイテムが入っている気がするのだ。

地下四階の仕掛けもダンジョンの意志みたいなものを感じたし——つまり、ダンジョンは挑戦する冒険者のクラスや人数がわかるのではないだろうか？

どうも挑戦する冒険者に合わせて、宝箱の中身やボスを変化させている気がする。

僕らの人数を考えれば、ボスが三匹出現したのも説明できそうだし。

ここ百年、アリツィオ大樹海では新しいダンジョンは見つかっていない。それに普通の冒険者パーティがダンジョン攻略をするなら、様々なクラスの人が参加するので、宝箱の中身もばらけそうだ。

そのせいで、今まで誰もこのことに気付かなかったんじゃないかな。

それにしても召喚の壺ってことは、また従魔が増えそうだ。

家族が増えるのは嬉しいことなんだけど、テイマーが仲間にできる従魔の数に制限がないかなど、気になることもどんどん増えていく。

今度アルトゥールさんに会ったら、王都の図書館にテイマーに関する書物がないかも聞いてみよう。

王国の兵士であるアルトゥールさんなら知っているはずだ。もしそんな書物があれば、一度王都に行ってみるのもいいかもしれない。

(主様、どうされましたかな)

古びた壺を抱えて無言になった僕に、フローラルが心配そうに声をかける。

「ごめん、考えごとをしてただけだなんだ。この壺は新しい従魔を呼び出すアイテムみたいだね。どんな魔物が出てくるのかはわからないけど、また仲間が増えそうだよ」

カスターニャの町に来て一年もの間、従魔ができずに苦しんだのはなんだったんだと叫びたくなるし、こんなに簡単に従魔が増えていくのは、おかしな感じもする。

(仲間は多い方がきっと楽しいです。私は賑《にぎ》やかなのは好きですし。でも……植物を食い荒らす魔物だけは勘弁してくださいね、主様)

「もちろんだよ、レモン。僕も大切な畑や花壇の植物が食べられちゃうのは嫌だからね。ただ、どんな魔物が出てくるかわからないんだよなー」

〝害虫以外の魔物でお願いします〟と願いを込めて、召喚の壺に貼られたお札をゆっくりと剥がした。

壺の中から勢いよく白い煙が噴き出して部屋いっぱいに広がっていく。

咄嗟《とっさ》のことで口を塞ぐのが遅れちゃったけど苦しくはない。毒とかだとまずいし、『鑑定』で調べなきゃ。

【魔煙《まえん》】
特徴：魔力を多く含んだ煙。人体に影響なし。

大丈夫そうだな……

この部屋いっぱいに広がった煙は、数十秒ほどで何もなかったように綺麗に消えた。

僕は煙が晴れた部屋の中を見渡す。

そこに魔物の姿はなかった。

どうやらハズレもあるらしい。

何が出るかはランダムってことだし、しょうがないよね。

（主様、主様）

レモンはドングリの背中から降りると、僕の足にしがみついてきた。

「レモン、ごめんね、驚かせちゃって。僕も煙が噴き出すなんて知らなかったんだよ」

（違うんです。上を……上を見てください。魚が空を飛んでいます）

レモンは驚いた顔で、天井を指さしてまくし立てた。

「魚は空を飛ばないって。鑑定魔法で煙を調べたら問題なさそうだったけど、幻覚の魔法でも仕込んであったのかな」

僕はそう笑いながらも、真剣なレモンの表情を見て、まさかと思って天井を見た。

「えっ――――！」

思わず声を漏らす。

そこには、本当に魚が空中を泳いでいる姿があったのだ。

しかも、かなり大きい。胸びれだけでも一メートル近くあるし、全体の大きさは、四メートルは優に超えるだろう。

少し前まで戦っていたキラーポートナスよりさらに大きな生き物が飛んでいるのだ。驚くなと言われても無理がある。

胸びれじゃなく、あれは翼かな……？

体に対して小さすぎる気もするけど、ドラゴンなんかも翼は小さいって話だ。

実際は魔法で飛んでいるから、竜種の翼は飾りだっていう話もあるし。あの魚も魔法で浮いているのか……うーん謎だらけだ。

「なんであんな無茶苦茶な魔物が出てくるんだよ……」

僕は嘆息《たんそく》する。

そんな僕を、フローラルとレモンとドングリが心配そうな目で見つめていた。

僕の反応が相当ショックだったのか、空飛ぶ魚はつぶらな瞳いっぱいに涙を溜めている。

(泣かせちゃった……？)

僕の従魔になる魔物って気弱な子が多いよね。

これって親である僕に似ちゃうのかな？

こんなとき、どうフォローするのが正解なのだろうか。

「ごめんね、君みたいな大きな魔物が出てくるとは思ってなかったから、混乱しちゃって……君が嫌いなわけじゃないんだ」

牙が鋭いので手を出すと食い千切られそうで怖かったけど、僕は勇気を振り絞って近づいてきた魚の頭を撫でた。

凄くザラザラした肌だ。

こんなに大きいのに普通に甘えてくるし、見た目とのギャップが凄すぎる。

「まずは従魔契約をしないとね」

僕は撫でていた手を放すと、その右手を魚の顔の前に向けた。

光の鎖が僕と魚を結ぶ。

僕の従魔になってほしいんだと心の底から願った。

すると、新たな従魔契約を祝うように、淡い光が僕たちを包んで消えた。

「君の名前は、アルジェント……そうアルジェントだ。今日からよろしくね」

アルジェントと名づけた魔物は、銀色の巨大な鮫《さめ》で、空中を泳ぐフライングシャークと呼ばれる魔物の一種なんだそうだ。鳥みたいに高く飛ぶことはできないけど、かなりの高さまで浮き上がれるらしい。

それにしても、これほど強力な魔物が出てくるとは思わなかった。

次に召喚の壺を見つけたときは、よく考えてから開けることにしよう。

ちなみに、アルジェントを仲間にした影響で、従魔の住処が広くなっていた。

四十メートル四方くらいだった広さが六十メートル四方に広がり、天井の高さもアルジェントが自由に飛び回れるために三十メートルはある。

ここまで広くなると、家というよりちょっとしたお城のホールだ。

アルジェントが他の従魔たちと喧嘩《けんか》しないかが心配だったが――彼の社交性は予想以上に高く、みんなを交代で背中に乗せては従魔の住処の中を飛び回っている。

アルジェントに乗って移動すれば、僕らの行動範囲も広くなりそうだね。


今回のダンジョン攻略は、従魔の成長にも影響した。

ボロニーズとブルーさんが進化したのだ。

夜、ボロニーズの苦しそうな声で目を覚ますと、ブルーさんもクッションの上で苦しそうに震えていた。

先に進化したのはボロニーズだった。

体全体が光ると、体が少しずつ大きくなっていく。身長はテリアと同じ百七十センチくらいまで伸びて、体格は盾職らしくさらにガッチリとした。

続いて、ブルーさんの体が変化する。

同じように体全体が光り出すと、苦しそうに何度も体の形を変える。

風船に空気を入れるように体が膨らみ、最終的には直径百二十センチくらいまで大きくなった。

今回特に活躍した二匹の進化となった。

検証は必要だけど、ダンジョンの攻略貢献度も進化に影響が出そうな気もする。

✽

ダンジョンの攻略を終えた僕たちは、太古の大湿原探索を一週間ずらしたこともあり、ファジャグル族が暮らす小人の村に一度戻ることにした。

その道中、僕の横にはテリアとボロニーズの二匹だけがいる。

弟のボロニーズが先に進化したことで、兄のテリアとの関係が少しだけギクシャクしているんだよね。

二匹しかいない本当の家族なんだから仲良くしてほしいと、二匹で話をする時間を作ってあげたくてこうなった。

「てりにぃ、しんか、すぐ、だいじょうぶ」

「わかってるよ、すぐ、おいつくよー」

ボロニーズも気遣って言っているのだろうけど、今進化の話をするのは逆効果にも思える。

テリアはその話はあまりしたくないようだ。

無意識に口を尖らせてプイッと横を向いた。それを見てボロニーズは、どうしていいのかわからずに慌てている。

これは、本当に些細な行き違いだ。

先に進化したことを負い目に感じるボロニーズと、弟に先を越された悔しさのせいで上手く祝えないテリア。

テリアが早く進化するのが一番なんだろうけど、魔物の進化は願っただけで叶うようなものじゃない。

どうすれば進化できるのか、そうしたメカニズムはまだ謎なんだ。

僕はボロニーズに声をかける。

「ボロニーズ、テリアだって言われなくてもわかっているはずだよ。それに進化は願ってすぐにできるものじゃないしね。テリアも進化だけにこだわらず、日々強くなるように頑張ればいいんじゃないかな。進化するだけが強くなる方法じゃないし」

こんなに気を遣って生きる十一歳って、他にはあまりいないんじゃないかな。

「うん、あるじ、おいら、つよくなる」

言で撫でた。

「おいらも、あんまり、しんかいわない」

二匹は元気に振る舞うも、ボロニーズの耳はシュンと折れていた。僕は両脇に立つ二匹の頭を無言で撫でた。

目的地に到着し、僕らは小人の村に続く最後の結界を開いた。

そこにあったのは、僕らの記憶にあるのとは程遠い村の姿だった。

「ん？　あれから一週間くらいしか経ってないよね……」

僕たちの目の前に広がる小人の村の光景。

村を行き交う小人たち、そこにちらほらとキノコンやそれに手が生えたキノコンコン、初めて見るネズミの魔物の姿もあった。

これにはさすがに僕の目も点になった。

「あるじ、むら、へん」

「へんだ、おかしい」

ボロニーズとテリアは変と言いながら、村の光景に目を奪われて楽しそうに尻尾を大きく揺らしている。

「魔物が歩いているね。見たことがない魔物もいるし……まあ、どうしてこうなったかはなんとなく想像できるんだけど……」

僕らがキョロキョロしていると、一人の小人の少女が手を振って近づいてきた。

「ルフト様ー、おかえりなさい」

「ただいま、シザ。みんなも元気かな」

僕に声をかけてきたのは、僕がテイマーになる手助けをしたファジャグル族の少女シザだ。

自分よりも年上なのにもかかわらず、小さいという理由だけで僕は思わずシザの頭を撫でてしまう。

「元気ですよー、後輩の育成も頑張らなきゃですし」

シザがガッツポーズをする。

「後輩？」

後輩という言葉が気になって聞いてみる。

彼女によれば、僕たちがダンジョン攻略に向かった後、シザたちテイマーになった小人たちは、村長のドドさんから他の小人たちもテイマーにしてほしいと頼まれたそうだ。

僕がしたことを手本に後輩の育成に励んだという。目の前の光景は、シザたちが頑張った成果なのだろう。

ファジャグル族とテイマーのクラスの相性は、想像以上によかったようで、この一週間で多くの小人がテイマーのクラスを得たらしい。

キノコン以外の魔物がいるのは、テイマーの数が増えたことで競うように様々な魔物を従魔にしようと挑戦する小人たちが増えた結果なのだそうだ。

こう言うと大袈裟かもしれないけど、これだけ短期間でテイマーが増えたとなれば、人間の世界では解明されなかったテイマーの謎が、小人の村で解き明かされていくかもしれない。僕はこの村にそんな新たな可能性を見た気がした。

太古の大湿原での恐竜の生態調査も楽しみだけど、小人の村で従魔事情を調べるのも楽しそうだ。

その後僕たちは、シザと一緒に村長のドドさんの家へと向かった。

村の中を進んでいくと、中央広場に一週間前にはなかった、木でできた大きな建物が見えた。

僕はシザに尋ねる。

「シザ、あれは何？」

「さあ、なんでしょう？　着いてからのお楽しみですよ。フフフ」

「家だとしても、あの大きさだと逆にシザたちには住みにくい気がするけど……従魔のトレーニング施設とか」

「だからっ！　それは到着してからのお楽しみですよ、ルフト様」

シザが困る僕を見て嬉しそうに笑った。

どうやら僕たちの到着の報《しら》せは、すでに村長ドドさんの耳にも届いていたようだ。

この村の景色に不釣り合いな大きな建物の前には、たくさんの小人たちが集まっている。

そして、僕が到着した瞬間——

「「「せーの、おかえりなさい!!」」」

小人たちが盛大に僕たちを出迎えてくれた。

「ルフト様、無事で何よりです」

村長のドドさんも小人たちもみんな笑顔だ。

「皆さん、ただいま戻りました」

「どどー、みんな、ただいまー」

「ただいま、ただいま」

テリアとボロニーズもさっきまでのことを忘れて嬉しそうだ。

「ふふふ、ルフト様！　この家は我々ファジャグル族からの感謝の気持ちです。受け取ってください」

そう言ってシザが僕の手を引き、家の中へと入っていく。

家は平屋造りで、あの小人の背の高さでどうやって建てたんだ、と不思議に思えるくらい天井もなかなかに高い。

木の良い香りがする。

中には椅子やテーブル、ベッドまであった。

もちろん彼らの感覚で作ったものだから、鍵や窓ガラスがないなど、人間の家とは違うところも多い。

でもそれ以上に、小人たちの想いがたくさん詰まった素敵な家だ。

たった一週間でこれを作るとなると、どれだけ多くの小人たちが手伝ったのか想像もできない。

「嬉しいな……あれ、涙が出てきた……」

僕を想って建てられた家。

この村で僕は受け入れてもらえたんだ。

こういうのって嬉しいもんだな。

こんなに多くの人から歓迎してもらえたのは生まれて初めてのことだ。この村にいるときには、従魔の住処ではなく、できるだけこの家を使おう。

夜には僕たちの〝おかえりなさい会〟をしてくれるそうだ。

僕らがダンジョンで手に入れた魚の魔物もせっかくだし食べてもらおう。

✿

小人たちがおかえりなさい会の準備をしてくれている間、僕は村長のドドさんに魚を飼うための水槽が作れないか聞いてみた。

「水槽とは、どのようなものでしょうか」

うーん、説明するのが難しいな。

僕の拙《つたな》い説明に、ドドさんは何度も相槌《あいづち》を打って考え込む。

「似たようなものなら作れるかもしれませんぞ。おかえりなさい会まで時間もまだありますし、工房エリアに行ってみてはいかがかと」

僕は早速ドドさんに馬車を手配してもらい、テリアとボロニーズと一緒に工房エリアへと向かう。

「グラス草の加工場にはもう少しで到着しますよ。それにしても、ルフト様を乗せて馬車を走らせられるなんて、家族に自慢できます」

御者《ぎょしゃ》の小人の言葉に苦笑いしながらも、僕は聞きなれない単語について質問した。

「グラス草ってなんですか？」

「透明な草なんですよ。実際に見てもらうのが手っ取り早いと思います」

僕は工房エリアには初めて来たのだが、今までの小人の村とは雰囲気の違う、土壁の建物が並んでいた。

それらの建物には丸太をくりぬいて作ったと思われる煙突が立ち、火を使っているらしくモクモクと煙が立ち上っている。

「ここです」

馬車が到着すると、全身タイツの上にエプロンとマスクをつけた小人たちが出てきて出迎えてくれた。

彼らの工房に入ると、そこでは大鍋を使って何かをぐつぐつ煮込んでいる。

鍋の中を覗くと、中でほんの少し緑色がかった、ほぼ透明に近い植物がぐつぐつと煮込まれていた。

小人たちは草を煮込んだ汁を型の中に流し込んでいく。

彼らが作っていたのは、ガラスに比べると白く曇《くも》りがある半透明な花瓶だった。

これなら確かに水槽が作れるかもしれない。すると、グラス草職人たちが花瓶作りを中断して、粘土のようなもので型を作り始める。

あれ、もう水槽を作ってくれるつもりなのかな。

僕は小人たちに言う。

「水槽は急がなくても大丈夫ですよ」

「いえいえ、ルフト様は我々にジャイアントトードの肉を分けてくれた恩人です。何よりも優先してお作りいたします」

職人たちは目の色を変えて、作業を始めた。

小人ってそんなにジャイアントトードが好物なのか……

大量に狩っておいてよかったよ。


その後一時間もしないうちに、幅二メートルある大きな水槽が出来上がった。

「グラス草で作ったものは落としても割れないんです。人族が使うガラスとは一味違います」

職人たちは、グラス草で作った道具に誇りを持っているみたいで、その後も様々な道具を見せてくれた。

透明度は低いものの、落としても割れることのないグラス草は、他にもいろいろ使い道がありそうだ。

テリアとボロニーズは早速グラス草製の水槽を運び、ゼブラピラニアを桶から水槽へと移した。

ゼブラピラニアも小さな木桶でずっと窮屈だったのか、嬉しそうに泳いでいる。

こうして実際に水を入れて魚を泳がせてみると、見てるだけでちょっとした癒し効果がある。

従魔のみんなも、もの珍しそうに眺めているしね。

ゼブラピラニアたちはみんなに見られて恥ずかしいのか、顔を赤くしながら泳いでいた。魔物ならではの反応って感じだ。

その夜は、おかえりなさい会で小人たちと一緒に夜遅くまで騒いだ。

ダンジョンで手に入れたアナゴに似た魔物スワイプイールの唐揚げも好評だった。

第二章　湿原探索

予定よりも一週間遅れとなったが、僕たちはついに太古の大湿原を探索することにした。

遠くで見るのと実際来てみるのではだいぶ印象が違う。僕は目の前に広がる不思議な世界にただただ見惚《みと》れてしまった。

（これが湿地帯ですか……地面のぐちゃぐちゃした感じはジャイアントトードの縄張りと似ていますね）

レモンがドングリの背中に座りながら呟く。

そういえば、ローズが生まれてから、レモンにちょっとした変化が生まれた。

二匹は違う種族にもかかわらず、従魔の住処でよく話すようになったのだ。

同世代の友達みたいな感じなのだろうか？　友達が一人もいない僕には一生わからない感覚なのかもしれないけど。

（ねーねーレモン。この花、可愛いですわ）

（ローズ、むやみやたらに花を抜かないでね。花がかわいそうです）

二匹が仲良さそうで何よりだ。

「あるじ、ちいさいさかな、いっぱい、なんびきか、もちかえる」

ボロニーズは小さな水溜りを覗き、そこで暮らす魚たちを見て興奮気味だ。

いつ枯れてもおかしくないような水溜りにも魚がいるんだよね。中には二十センチ前後の大きな魚までいる。

「恐竜たちや大きな生き物の餌になるんだろうね」

実際に太古の大湿原に来て、感じたことがある。

恐竜たちが近づいてきたからといって、すぐ襲ってくるようなことがないのだ。

以前恐竜に襲われたことがあったが、あれは霧のせいだったんじゃないかな。

あの霧は魔力を含んでるみたいだし、霧が出ることで恐竜たちが凶暴になるのかもしれない。

僕はそんなふうに分析をしていた。

ぬかるみに足をとられながら、僕らは奥へと進む。

小さな沼や小川が多いことも、豊かな生態系を作るのに役立っているんだろう。

この場所には魔物以外の小動物や昆虫も多くいるが、そのどれもが冒険者ギルドの図鑑に載っていない生き物ばかりで、驚いてしまう。

湿原の入り口は土の養分が少ないのか、このあたりに生えている木はどれも幹が細く背も低いし、そもそも植物自体が少なく思える。

見える範囲には一メートル以下の小さな恐竜が多く、今は僕たちから距離を取って襲ってくる気配はない。

何匹か僕たちの後を追ってきているのもいるから、様子を見ているのかもしれないな。

まあアルジェントもすぐ横を飛んでいるし、小さな恐竜たちは怖くて襲ってこられないのかもしれない。

魔物は本能的に自分より強い魔物を避けるって聞くし。

湿地帯に入って最初に攻撃を仕掛けてきたのは、鳥とトカゲの特徴をあわせ持ち、綺麗な緑と青の羽毛に包まれた二足歩行の恐竜だった。

二本の腕にはそれぞれ小さな羽根もついていたけど、空を飛ぶことはできないようだ。

ただ動きが速く、ジャンプ力もあるため、なかなかこっちの攻撃が当たらなかった。

大きさはだいたい四十センチくらい。

一通り倒し終えてから、僕は『鑑定』を使った。


【ミクロラプトルの死体】

特徴：群れで狩りをする小型の恐竜種。食用可。

見た目も鳥と似ているし、食べるのが楽しみだ。

倒したうちの一匹をナイフで切ったところ魔石が入っていたので、魔物で間違いないのだろう。

（主様、恐竜の解体は後にした方がよいと思いますぞ。血の匂いが他の恐竜を呼ぶ可能性もあります）

悠長なことをしていたら、フローラルに怒られてしまった。

確かにこれだけ未知の魔物の多い中で恐竜の解体をしたのはまずかったと思う。

恐竜たちの死体は、いったん従魔の住処に投げ込むことにした。血の匂いで部屋の中が臭くなりそうだけど、恐竜の群れをおびき寄せるよりはましだ。

「あるじ、これこれ、これみて」

僕とフローラルが話していると、テリアが体長六十センチほどのサンショウウオに似た生き物を両手で抱えるように持ってきた。

抵抗しないので、その生き物の口を開けてみたところ、無数の細かい歯でびっしりだ。

目は顔の横ではなく真上についており、何も考えていなそうな顔をしている。

〝キモ可愛い〟とはこういう生き物のことを言うのかもしれないな……

ものは試しと、僕はその生き物に『鑑定』魔法を使ってみた。

【アカルトステガ】
特徴：四肢はあるが、歩くのが苦手。水の中で小魚を食べて生活している。

なんだか憎めない感じの生き物だ。

スライムには劣るけど、プルプルした体はなかなかの触り心地。ちょっと生臭いのが残念だけど……

「あるじ、これかいたい、ぼろにーず、ぴらにあ、いいなー」

テリアが上目遣いで聞いてくる。

ボロニーズが世話しているピラニアを、テリアは羨ましく思っていたのだろう。それを言われてしまうダメとは言えないよ。

せっかくだし、ボロニーズがゼブラピラニアを従魔の従者にしたのと同じことができないか試してみる。

あのときは、ボロニーズになんとかペットを飼わせてあげたいと思ったんだっけ。

僕はテリアを見ながら、〝なんとかしてあげたい〟と心の中で繰り返す。

だが、特に何も起こりそうもない。

それなら……テリアに従者を、と強く願う。そして、光の鎖がバラバラに分かれるイメージを頭の中に描く。

魔法の基本は、どういう事象を起こすかを明確にイメージすること。

一度でも成功すればイメージを固めやすくなり、成功率は高くなる。

「よし、できた」

僕の体から光の鎖が伸びると、それはバラバラに分かれ、鎖を構成していた輪の一つがテリアの前に止まる。

テリアは手を伸ばしてそれを掴んだ。

それからテリアは、光った手をそのままアカルトステガの頭に置いた。テリアは何か感じたのだろう。両手を突き上げ〝せいこうした〟と叫んだ。

本人には成功したことがわかるらしい。

〝キモ可愛い〟アカルトステガを抱えたテリアは、従魔の住処に入っていった。

テリアを見て羨《うらや》ましくなったのか、今度はボロニーズが、少し大きな沼の方に近づいていった。

「おいらも、さかな、さがす」

役立つ植物を採取することが目的だから、ペット探しに来たわけじゃないんだけどな。

そのときだった――

突如ボロニーズを沼の中に引きずり込もうと、水中から口を大きく開けた魔物が出現した。

ドングリとアケビも水の中からの攻撃には気付けなかったようだ。そんな中、アルジェントだけが、ボロニーズを襲うその魔物の気配にいち早く気が付いた。

「アルジェント、お願い！」

僕が叫ぶ前に、アルジェントは動いていた。

空中を素早く移動して、ボロニーズを襲う魔物の首に喰《く》らいつく。

そのまま浮き上がると体を捻り、僕たちの近くにその魔物を投げた。

沼から引き揚げられたのは、濃い緑色の体をした五メートルほどのワニみたいな魔物。地面に落ちた魔物の体に、ローズとブランデルホルストが槍と剣でとどめを刺した。

【ルティオルドンの死体】
特徴：水陸両方で活動が可能だが、水中での活動を好む魔物。食用可。

毎度のごとく僕は『鑑定』を使う。

皮質も良さそうだし、これは高く売れそうだ。

ワニ革は人気もあるから、自分たちの装備に使うより売った方が良い気がする。

稀少な恐竜種や古代種の素材は貴族が欲しがるので、雑貨店を営むメルフィルさんに見せたら喜びそうだ。

でもまずは不用意に動いたボロニーズを注意しなきゃ。

「ボロニーズ、水辺は魔物の気配がわかりにくいから気を付けようね」

「あるじ、ごめんなさい、しょんぼり」

その様子に僕は強気に出られなくなってしまう。

見た目は大きくなっているのに、甘え方は上達しているな……

フローラルが後ろで〝甘やかしですぞ〟という目で僕を見ている。

でも……怒れそうもないや。

「次から気を付けてくれれば良いよ。僕も沼の中にあんな大きな魔物が潜んでいるとは思わなかったしね。アルジェントもボロニーズを助けてくれてありがとう」

僕が褒めると、アルジェントは僕に甘えるようにサメ肌のザラザラした体を擦り寄せてくる。

新調したばかりの鎧に早くも傷が……

まあ、悪気はないんだし仕方ない。

実は、今回の探索前にニュトンたちが新防具を用意してくれたのだ。

先日のダンジョンで倒したキラーポートトナスの甲羅と、ジャイアントトードの革を組み合わせて作った鎧と腹巻をみんな身に着けている。

鎧と腹巻の形状は、みんなの体形や好みに応じて違いがある。

大きな蟹が三匹もいたからそれぞれの要望に沿った装備を作ったんだけど、素材はまだ余っている。

特にドングリとアケビは甲羅の腹巻を大層気に入ってくれたようだ。

また、ボロニーズとブルーさんの新盾がお披露目になった。

その盾はなかなか大きく、長さ百五十センチ近くある縦長のタワーシールドと呼ばれる大盾だ。

素材はダンジョンで倒したジャイアントクラムの殻と、迷宮胡桃の木材。

ブルーさんに関しては、盾を持つというよりは背負っている感じかな。

ボロニーズのことがあったので、僕はもう一度、深そうな沼には近づかないようにと注意を徹底してから進んだ。

このあたりには珍しい植物も多いけど、ニュトンたちの反応を見る限り、素材として使えるものはなさそうだ。

僕らは徐々に奥へと進んでいく。

途中から木の数も増えてきて、いつの間にか僕らは森と思しき場所を歩いていた。見通しはかなり悪い。

そんな中、ドングリとアケビが恐竜の気配に気付いた。

僕らは風下から恐竜に近づく。

「テリにぃ、あいつだ」

「うん、あいつだ、かりかえす」

テリアとボロニーズはその恐竜を見て大声を出して、やる気満々といった様子だ。

もちろん僕もだ。

そいつは、初めて太古の大湿原に来たときに襲われ、僕が大怪我をした因縁の相手。別の個体かもしれないけど……

前回は、恐竜の全身を観察する暇すらなかったけど、今日は霧もなく距離も近いため、じっくりとその姿を見ることができた。

長い首から頭にかけて鮮やかな濃い緑色の羽毛が生えていて、腹の周囲は赤い羽毛と鱗《うろこ》が交ざっている。

目は大きく、黄色い嘴《くちばし》を開くと、口の中には細かく鋭い歯がビッシリ生えていた。

この恐竜の名前は忘れもしない——スピキオニクスだ。

彼らは水溜り近くで休息を取っていたらしい。

さっきテリアとボロニーズが興奮して大きな声を出したから当然なんだけど、気付かれたみたいだ。

〝ギャア、ギャア〟と鳥に似た甲高い鳴き声を上げると、僕らの方に向かってきた。

スピキオニクスの数は全部で四匹。

前回よりも数は多いけど、僕らの仲間も増えている。

ローズとブランデルホルスト、そしてアルジェントなら一対一でも勝てちゃうんじゃないかな。

四匹の恐竜は木々の間を縫うように走ってくる。

フローラルが全員に『妖精の息吹』を吹きかけた。

気分が高揚していくのがわかる。

レモンは砂嵐を起こす魔法『サンドストーム』を恐竜に向けて唱える。

レベルが上がったレモンの『サンドストーム』で出現した砂嵐の範囲は広く、四匹のうち二匹をその場に封じ込めた。

砂嵐を抜けて突っ込んでくる二匹には、グリーンさんとニュトンたちがクロスボウを使い矢を射る。

しかし、大きなダメージを与えることはできていない。

止まることなく突っ込んできた先頭の一匹の頭を、ローズがスコーピオンで思いっ切り殴りつけた。

スピキオニクスは意識が飛んでしまったのか、その場にヨロヨロと倒れ込む。

あれだけ苦戦した相手なのに一撃だ。

もう一匹の突進も、進化したボロニーズとブルーさんが真正面からがっちりと受け止める。動きの止まったスピキオニクスに、僕たちは武器を手に左右から攻撃を仕掛けた。

その間に砂嵐が消え、残りの二匹も動き出した。

二匹のスピキオニクスは、顔を左右に振り相手を探している。

それでも、空中から襲われるとは考えもしなかったんだろう。

アルジェントは二体のうちの一体に喰らいつくと、そのまま空中へと持ち上げた。

スピキオニクスは手足をバタバタ動かして抵抗しようと試みるが、宙づり状態では何もできず苦しそうにただ小さく唸《うな》る。

スピキオニクスの手の長さでは、喰いつかれた首まで手が届かない。

そのまま少しすると、全身を大きく痙攣《けいれん》させて口から血を流す。最後はピクリとも動かなくなってしまった。

砂嵐から解放されたもう一匹のスピキオニクスの前には、黒い全身鎧に身を包んだブランデルホルストが立ちはだかる。

スピキオニクスは、ブランデルホルストの頭に首を伸ばして噛みついたが、顎《あご》の力が足りなかった。

ブランデルホルストの硬い頭を砕くことができない。

それでも諦めずに噛み砕こうと、何度も何度も口を閉じようとしていた。

そのとき、鈍い音がした。

スピキオニクスの口からは血が流れ、砕けた牙がボロボロと地面に落ちる。

ブランデルホルストは両腕を広げてスピキオニクスの体を掴むと、抱きしめるようにそのまま締め上げていく。

身動きの取れないスピキオニクスの体に、ドングリとアケビが噛みついた。

木が多く得意の火の魔法が使えないフローラルは、剣を手に斬りかかる。

ドングリとアケビはスピキオニクスの体に爪を立て皮膚《ひふ》を削り、剥けた部分にさらに噛みつき肉を毟《むし》り取る。

ブランデルホルストが締め続けるスピキオニクスの首から、骨が砕ける音がした。

首は力を失い、地面へと垂れ下がった。

ローズは二匹のスピキオニクスが倒れるのとほぼ同時に、目の前の恐竜の喉元を斬り裂く。

ボロニーズとブルーさんが盾で攻撃を防ぎ、残りのみんなで攻撃する。

この戦い方もだいぶ馴染んできた。

やはり盾職の二匹が安定したのは大きいね。

グリーンさんとニュトンたちも武器を鈍器に持ち替えて攻撃に参加している。

二足歩行の恐竜たちは大きな体に比べて脚が細い。僕たちは尻尾の攻撃を避けながら脚を狙った攻撃を続けた。

スピキオニクスの脚にも限界がきたのだろう。その場に転んで立ち上がらなくなってしまった。

動けなくなった恐竜はもう怖くない。

攻撃を脚から頭に切り替えてとどめを刺した。


戦いの後、僕らは四匹のスピキオニクスの死体をすぐに従魔の住処に入れた。

先に運び込んだミクロラプトルの死体が置いてある従魔の住処の芝生には血の痕がなく、しかも死体を置いていたのにもかかわらず、あまり血の臭いを感じなかった。

従魔の住処の芝生って、血を吸ったり空気を綺麗にしたりする能力でもあるのだろうか？

なぜかこの草に『鑑定』魔法を使っても――

【???】
特徴：???

こんなふうに出るんだよね……これじゃあ、なんの草かもわからない。

便利だし別に良いかと、僕はそこで深く考えるのをやめた。

従魔の住処にある時計で時間を確認する。

これは小人たちが作った魔道具だ。時計は時を司《つかさど》る神の魔力に反応して毎日二十四時間の時を刻む。

かなりの高級品なので、普通は貴族や冒険者ギルドのような大きな組織しか所持していない。だが、小人の村では一家に一台、当たり前に普及している。

太陽の角度から時間を推測するよりはずっと簡単で確実なので、とても重宝している。

さて、仕留めた恐竜たちの解体時間を考えると、そろそろ戻らなければいけない。

今日の探索はここで終え、僕らは太古の大湿原の入り口へと引き返すことにした。

一日で恐竜を倒しながら進める距離は思った以上に短く、太古の大湿原を調べるのにはもっと日にちが必要だろう。

解体作業は、従魔の住処の外に恐竜の死体を出して森の中で行った。

恐竜の解体は初めてだったので、予想以上に時間がかかってしまい、その日のうちに小人の村に帰るのは諦めた。


その夜、テリアがついに進化した。

これを一番喜んだのは、本人よりも弟のボロニーズだった。

進化が始まった途端に〝よがったー、よがったよおー〟と大泣きだったよ。

ボロニーズの身長を追い越すように、背は百九十センチ近くまで伸びた。カスターニャの町一番の冒険者、グザンさんと並んでも違和感のない大きさだ。

顔もさらに精悍《せいかん》になった気がする。ああ、でも僕の可愛いテリアのお顔がどんどんかっこよく……寂しいなあ。

まあ、従魔のみんなも自分のことのように喜んでいるし、いいよね。

✽

太古の大湿原での探索を終えて小人の村に戻り、僕らはファジャグル族のみんなが丹精込めて作ってくれた家でのんびりと過ごしていた。

「ルフト様、いますか」

僕が返事をする前に、ムボとシザがノックもしないで家の中に駆け込んでくる。

「今日はムボもいるんだね、久しぶり」

「ルフト様、久しぶりだな」

ムボは、シザと一緒に僕のテイマー育成講座に参加してテイマーになった小人の一人だ。

二人は僕のいるベッドに必死に上がると、僕を挟むように両脇に座る。背が低い二人では、僕の体に合わせて作られたベッドに上がるのも大変そうだ。

「今日はどうしたの、二人揃って」

「ルフト様、忘れちゃったんですか。恐竜に会いに行く前に約束したじゃないですか。とっておきの場所に連れていってあげるって」

以前ムボと軽く話していたのだけど、小人の村からしか行けない、秘密の場所に探索に行くことを約束していた。

それはともかく、年齢的には二人とも僕より年上なのだが、小人だから年下感が強いな。

手をパタパタとさせて、身振り手振りで真剣に話す姿に、思わずちょっかいを出したくなる。

僕は両脇に座るシザとムボの頬っぺをツンツンしてみた。

「もールフト様、私たちもう大人よー」

「ほんとだよー。いつも子供扱いするんだからさ。で、ルフト様も一緒に行くんだろ」

そう言いながらも、僕に体を寄せてくるから本当に可愛いな、小人って。変な全身タイツじゃなきゃ、なおいいんだけど……

普通の服を流行《はや》らせられないものか。

僕はムボに向かって答える。

「もちろん行くよ。小人の村からしか行けない場所なんて言われちゃうと、どんな生き物が暮らしているのか気になるしね。従魔たちはあまり連れていかない方がいいのかな？」

「その方がいいと思うぞ。あんまり相手を刺激するのもな……俺たちの従魔もいるから、ルフト様のことはばっちり守る。任せてくれ」

その言葉でムボはローズに睨まれてしまい〝ヒィ〟と情けない声を出す。顔を青くして震えちゃったよ。

「ローズ、ムボを虐《いじ》めちゃダメだよ」

（だってお父様を守るなんて言うんですもの。百年早いですわ）

ムボはガタガタ震えたままだ。

（安心しなさい、ローズ。私も主様と一緒に行くから）

レモンがリンゴジュースを飲みながら、やれやれといった表情で言葉を挟む。

そうそう、フローラルとレモンとローズはご飯は食べないものの、リンゴジュースは好きなんだよね。理由はわからないけど。

✽

こうして僕たちは、小人たちと一緒に〝どっておきの場所〟に向かうことになった。

今日はローズとブランデルホルストが、テリアとボロニーズ、あとホワイトさん以外のスライムたちに稽古《けいこ》をつける約束をしていたようだ。

そのため僕に同行するのは、ドングリとアケビ、その背中に乗るレモンとホワイトさんに最近引き籠り気味なレッキスの五匹だ。

レッキスは、僕が無理して戦わなくてもいいからねと話したら、それ以来、極力従魔の住処で惰眠《だみん》を貪《むさぼ》るようになり、最近腹回りがかなりやばいことになっている。

ウサギなのに飛び跳ねるのも苦しそうだもんな。

フローラルは気になることがあるとかで、小人たちと農業エリアに向かったので別行動だ。

ニュトンたちは、装備の研究で今日は工房エリアに籠っている。

アルジェントには、万が一を考えて従魔の住処に待機してもらうことにした。

これから僕が行くところについては、見てからのお楽しみということで詳しくは教えてもらえなかったんだけど、凄く不思議な場所なのだそうだ。

小人たちは昔からその地を知っていたけど、単純に怖くて中に入れなかったらしい。

村にテイマーとして戦える者が増えたこと、そして僕がついていくことで安心して探索できる、というわけで今回の探索が実現した。


探索に参加するメンバーを謎の場所へ続く結界の前に降ろすと、馬車は小人の村へと引き返していった。

今回一緒に行く小人たちは、ムボ、シザ、リジのテイマー三人とラッドライダーというネズミの魔物を扱うクラスのグボとゴゴ。

おじいちゃん小人で、自称学者のゲゲさんを含めた六人だ。

ムボとシザ以外のメンバーとは、大勢で一緒にご飯を食べたときに少し顔を合わせた程度だったので、まずはみんなと挨拶をする。順番に挨拶を交わし、最後はおじいさんのゲゲさんだ。

「ルフト様、こうして話すのは初めてでしたな。儂が今回の調査団の責任者ゲゲですぞ。よろしくお願いいたしますぞ」

「ゲゲさん、今日はよろしくお願いします」

僕との挨拶を終えたゲゲさんは満足そうだ。

「ドドに聞いていた通り、よい若者じゃな。それでは開けますぞ」

そう言ってゲゲさんが結界を開く。

僕らの目の前に現れたのは、樹海の中には不釣り合いな岩だらけの風景だ。水が枯れた渓谷《けいこく》のようにも見える。

太古の大湿原を初めて見たときも驚いたけど、この樹海には本当に様々な場所があるようだ。

前に太古の大湿原を包む霧の壁沿いに西へ向かって歩いたとき、大きな岩が邪魔でそれ以上先に進めなかった場所があったけど——ここはあの岩の向こう側なんじゃないだろうか。

中に入るとすぐにアケビが小さく吠《ほ》えた。

だが、アケビの様子を見るに、僕たちに害をなす魔物がいるわけではなさそうだ。引かれるままアケビについて行くと、そこには一メートルほどの岩があった。

「アケビ、この岩がどうしたんだい？」

僕が聞いてもアケビは尻尾を振るだけで、じーっとその岩を見続けている。

時間もあることだし、僕もアケビと一緒にその岩を観察した。

すると、岩から石でできた頭と手足が伸び、岩は〝のそのそ〟と歩き始めた。

なんだこれは……

よく目を凝らしてみると、岩と瓜二つの甲羅を持った亀だった。

遠くで見ていたムボたちが、僕の横に来て珍しそうに眺める。

「ルフト様、大きい亀ですね。なんていう亀ですか？」

シザが興味深そうに聞いてくる。

「うーん、なんて亀なんだろうね？　信頼関係がない生き物に『鑑定』魔法を使っても、抵抗されちゃうことが多いからわからないんだよね」

シザは岩のような亀が気に入ったのか、手をかざして〝仲間になれー仲間になれー〟と念を飛ばし続けている。

だが結局、まったく相手にされずに肩を落としてしまった。

「シザ、従魔にするなら子供の亀を狙った方がいいと思うよ。この亀が大人かどうかはわからないけど」

初めて見る生き物だ。

この亀がどのくらいの年齢なのかは判断がつかないが、これだけ大きな亀が子亀だとはとても思えない。

僕たちが動かずじっとしていると、至るところから警戒を解いた様々な大きさの亀たちが顔と手足を出して動き始めた。

シザは目移りしながらも小さな亀を選び、行ったり来たりと追いかけている。

従魔にするのは一向に成功していないみたいだけどね。

そんなシザを横目に、ゲゲさんは大きな亀の甲羅に跨《またが》り、のんびり揺られている。

「いいのー。この亀、乗り心地がいいのー。ほしいのー」

ゲゲさんはこの亀をいたく気に入ったみたいだ。

シザよりゲゲさんの方が亀との相性がいいんじゃないか？

僕は、岩の間にある刺《とげ》が生えていてプニプニに膨らんだ緑の植物を見つつ、それを食べている亀を引き続き観察する。

亀たちの食料も気になったので、『鑑定』を使ってみた。

【イワプチサボテン】
特徴：水分が多く食用可。食感はプチプチしている。

食べられる植物だとわかったけど、数も少ないので亀たちのためにも採取は我慢しよう。

僕の近くでは、ムボとシザが何やら言い合っていた。

「シザ、そろそろ諦めろよ」

「だって、亀さん可愛いんだもん。ムボもやってみてよー」

「えー俺はキノコ一筋なんだ。やだよー」

もう一人のテイマーのリジも、亀たちとの従魔契約に挑戦していたけど、上手くはいかなかった。

まあ、これだけのんびりした生き物が暮らしていける場所だ。次は小人たちだけで来ても問題ないだろう。

そう思って、僕は小人たちに出発を促す。

「ここならいつでも来られそうだし、そろそろ先に進もう」

入り口だけ見て一日が終わるのも嫌だしね。

ラットライダーの二人は今回見張りが仕事で、他の小人たちがはしゃいでいても無言で周囲を警戒している。

もの凄く真面目な子たちだ。

シザとゲゲは、亀たちとの別れに名残惜しそうな顔をしていた。

けど〝亀ちゃん諦めないからね〟と言っていたし、毎日通えばそのうち従魔になるもの好きな個体も現れるんじゃないだろうか。

それに、なんとなくだけど、あの亀たちは根気よく向き合えば従魔になってくれる気がするんだよね。

最近、相手をじっと見ることで従魔になる魔物か否かが自然にわかるようになってきた。

テイマーの能力も成長しているのかもしれない。

✻

亀の群れを後にした僕らは、先へと進んでいく。

ドングリが何かを拾ってきた。

口にくわえていたのは三十センチほどの岩の塊で、最初は亀でも拾ってきたのかと思ったんだけど、その岩はまた別の生き物だった。

ドングリが僕の前にその岩を置くと、急に八本の脚が伸びて走り出した。

その虫?をドングリが追いかけて、くわえたらまた戻ってくる。これのどこが気に入ったのだろう……

「かわいそうだから逃がしてあげようか」

僕が言うと、ドングリは素直にくわえていた虫を放して逃がしてあげた。

「よし、よし、えらいぞー」

褒めながらドングリの顔をわしゃわしゃと撫でる。

ここは、アリツィオ大樹海の中とは思えないくらいのどかな場所だな。

周りには、他にも岩や石に擬態した生き物の姿もあるが、僕たちを襲ってくる様子はない。それどころか、僕らにまったく興味がないらしい。

不思議な生物たちを観察しながら、僕たちはのんびり探索を続ける。

奥に進めば進むほど、石や岩など障害物も増えてきた。

自生している植物にも変化があった。

大きなサボテンが増え、中には石のような灰色の花まである。見た目が硬そうな植物でも、実際触れてみると普通の植物と変わらず柔らかい、なんていうものもあった。

途中、長さ三メートル近い石の体をしたムカデっぽい魔物に襲われたけど、ちょっと反撃しただけで、すぐに逃げていった。

ここに生息する生物の多くは周囲に無関心か、生きるために他の生物を襲うこともあっても、それ以上の争いはしないんだろう。

自分が倒せない相手だと感じると、襲うことを諦めて逃げてしまう。

もちろん、僕だって逃げる相手を追って殺すような真似はしない。こういう貴重な生態系は崩したくないし。

「ルフト様、ここは変な場所ですね。生物が穏やかというか」

少し打ち解けてきたリジが話しかけてきた。

「これが本来の生物の在り方なんじゃないのかな。他の生物を襲うのって生きるための手段なんだし」

僕がリジと話す間も、シザは目の前にいるゴツゴツした石の体のトカゲを抱きかかえて撫でている。

背の低い小人だから、しがみついてるようにも見えるな。きっとなかなか魔物との従魔契約が上手くいかないから、作戦を変えてみたんだろう。

この土地にいる生物を見て改めて思うけど、テリアを連れてこなくて正解だったね。

ここにいる生き物の多くは愛くるしい顔をしていておとなしい子が多いから、テリアなら全部ペットにしたいと言い出しそうだ。

ちなみに、テリアとボロニーズが今一番飼いたいのは恐竜らしい。だけど、あんな大きな生き物を従魔にしたら、餌の確保が大変になりそうだよ。

(主様は、テリアとボロニーズを甘やかしすぎなんですよ。従魔の住処に生き物が多いのは嬉しいですが、あまり無理はしないでくださいね)

僕の心を読んだように、ドングリの頭の上に乗ったレモンが微笑む。

僕も生き物が好きだから、テリアやボロニーズのことばかり言えないんだよね。こうして石のトカゲをずっと観察しているし……

　僕はふと思いついて、ここの生き物たちに、従魔の住処で育てている野菜をあげてみることにした。

　芋類やバースニップ、トマトには興味を示さなかったけど、リンゴはとても気に入ってくれたようだ。

　果物が好きなのかな?

　とても美味しそうに、僕の渡したリンゴを食べている。

　無表情だけど、そこがまた可愛い。

『鑑定』魔法を試したところ、種族名だけは教えてくれた。

【イシイグアナ】
特徴：種族名以外は確認不可。あなたのリンゴを気に入っています。

　そんなイシイグアナの横で、レッキスがイシイグアナが見向きもしなかったバースニップを前足で器用に抱え、ムシャムシャと食べている。

　進化して額に剣状の角ができたときに作った鞘を自由に抜き差しするくらいだし、レッキスは手先が器用だ。

僕がバースニップでパンパンに膨れた頬っぺを撫でたら、レッキスはくすぐったそうに〝グークー〟と鳴いた。

イシイグアナの観察を終えて満足した僕は、もう少し先に進もうと歩き始めた。

すぐに違和感に気付く。

僕の後ろを飛び跳ねるレッキスの背中に、イシイグアナがしがみついているのだ。

レッキスが止まっても、イシイグアナは逃げようとしない。イシイグアナは自分の意志でレッキスについてきているらしい。

五十センチのウサギの背中にしがみつく三十センチのトカゲ……これはこれで愛らしいかな。

レッキスも嫌がらずに背中を許しているし、イシイグアナのことを気に入ったのかもしれない。

それとも単にバースニップを譲ってくれたから気を許したのだろうか？

レッキスはイシイグアナを背中に乗せたまま僕の周りをピョンピョンと飛ぶ。これはイシイグアナを従魔にしてほしいという、レッキスなりのアピールなのかもしれない。

そう思った僕は、イシイグアナに手を伸ばして従魔になるか聞いてみることにした。

心の中で〝一緒に行きたいのかな〟と質問する。

すると、僕とイシイグアナを光の鎖が繋いで従魔契約は完了した。

イシイグアナの名前は〝ストーン〟にした。ストーンは動きが遅いので、狩りには連れていけないだろう。

最近従魔の住処で引き籠……留守番の多いレッキスの遊び相手にはいいのかもしれない。

早速レッキスとストーンは抱き合いながら、石の地面をゴロゴロ転がっている。思っていた以上にこの二匹は気が合うらしい。

レッキスはストーンを前足で持つと、嬉しそうにブラブラ揺らして遊んでいる。

あ、すっぽ抜けた……

投げ飛ばしてしまったストーンを必死に追いかけるレッキス。

ストーンが地面に着地するときに怪我でもしたのか、レッキスは急いでホワイトさんのもとへ運んでいった。

治療を受けるストーンの横で、レッキスはホワイトさんに怒られていた。

レッキスが助けてほしそうな顔で僕を見るが、あえて無視。

〝ガーン〟と擬音《ぎおん》がつきそうな表情をして目を潤ませるが、悪いことをしたときはきちんと反省しないと。

そんな従魔たちのふざけ合う様子を微笑ましく思っていると、ムボ、シザ、リジが僕のところに駆けてきた。

「ルフト様、俺にもリンゴを一個ください！」

「私は二個！」

「私も二個いいでしょうか？」

僕がリンゴを使ってイシイグアナを従魔にするのを見ていたのだろう。

なぜシザとリジは二個なのか気になるが……まあ、いいか。

グボ、ゴゴ、ゲゲさんもリンゴを食べたそうにしていたので、従魔たちも含め、みんなにリンゴを配ることにした。

おやつタイムだ。

レッキスはバースニップで、ドングリとアケビは肉ね。

レモンはリンゴジュースと……

ちなみに、ムボはイシイグアナのためではなく、自分が食べる分が欲しかったようだ。

シザとリジは自分用を一個と、イシイグアナにあげる用に一個。

みんなで手頃な岩に腰かけて、リンゴを食べる。


そんなふうにしておやつタイムでのんびりする中、最初に何か近づいてくる気配に気付いたのはドングリだった。

寝転がっていたドングリは急に立ち上がり、背筋を伸ばして耳を周囲に揺らす。

アケビ、レッキス、それにグボとゴゴが連れた二匹のミズカキオオネズミという鼠《ねずみ》の魔物もその気配に気が付いたらしい。

ただし、ドングリとアケビの顔に険しさはなく、牙も剥《む》いていない。敵意がある魔物が近づいているわけじゃないようだ。

とはいえ、念のため僕はすぐに武器を手に取れるように準備して、気配の主が姿を現すのを待った。

数分後、僕たちを囲むように姿を現したのは、猿の一団だった。

ただ、生き物の猿という感じではない。石像がそのまま動いているような粗い彫り物みたいな猿だ。

その集団の中でも一際大きい猿が一歩前に出る。

魔法生物みたいなものなのか……

そう思って身構えた瞬間――

「人と妖精と小人と獣にキノコ……奇妙な組み合わせじゃの。さらには我らが領域に暮らすイシイグアナを手懐けるとは、いやはや不思議な者たちじゃ」

(喋った――！)

僕は口を手で押さえ、心の中で叫ぶ。

どう見ても石像にしか見えない猿が喋った。

しかも念話じゃなく口を動かして……

ポカンとする僕たちに向けて、大きな猿の石像は言葉を続ける。

「ここには何をしに来た。我らを殺しに来たのか？」

小人たちはみんなガタガタと震えている。

ここは僕が話すのが一番だろう。

僕はドングリとその上に乗るレモンを連れて、リーダーらしき大きな猿の石像の前に進んだ。

「猿さんたちの縄張りを荒らしたのであればすみません。この土地に興味があったのでいろいろ見ていました。もちろん敵対するつもりはありません」

「そうかそうか、興味があるだけか。我らも争いは好かんのでの。戦わないで済むなら助かる」

大きな猿の石像はさらに僕に近づくと、じーっと見つめて首を捻る。

「お主、変わった香りがするな。本当に人間か？」

香りと言われて、僕は思わず自分の手や体をクンクンと嗅《か》ぐ。昨日体を拭かなかったし、臭っているのかな？

「臭いとは言っとらんじゃろ。懐かしい香りがするんじゃ。お主、家族や兄弟はいるのか？」

「……いると思いますが、詳しいことは知りません。記憶があまりないんです」

僕がそう答えると、大きな石の猿は少し考え込むように目を閉じる。

しばらくしてゆっくりと目を開くと、猿は笑った。そして、ずっと思い出せなかったことがやっと思い出せたと嬉しそうに言った。

そして猿の石像は告げる。

「ま、立ち話もなんじゃな。ついてきなさい。我らイシザルの里に招待しよう。お主にとっても面白い話が聞けるかもしれんぞ」

他の猿の石像たちが一斉に吠えて、手を叩いた。

急に大騒ぎを始めるからビックリしたよ。

彼らの種族はイシザルっていうのか。

初めて聞いたな……。

こうして、僕たちはイシザルの里へ招待されることになった。

そうそう、余談だけど、里へ出発する直前に、シザとリジはリンゴを使って無事イシイグアナを従魔にできたようだった。

✽

イシザルたちの里は、大きな洞穴の中にあった。

到着して、空洞の奥の暗闇から光る無数のイシザルたちの目を見たとき、僕は思わず震えてしまった。

いったい何千匹いるんだ。

「驚かせてすまんの。あやつらは悪さはせんから安心してほしい」

ここまで案内してくれたイシザルはそう言って、地面をコツコツと叩いた。

僕らの目の前の地面から、体の形状に合わせた石の椅子がせり上がる。僕には僕の、小人たちには小人たちの体に合わせた大きさの椅子だ。

凄い魔法技術だな……

僕が椅子に座ると、みんなも同じように腰かけた。

もう一度、イシザルが地面を叩く。

今度は目の前に様々な形の石のテーブルがせり上がった。そこへ子ザルが、水の入った石のコップを運んできた。

「まずは、喉でも潤してくだされ」

僕は石のコップを覗き込む。

特に変な臭いもしないし、さすがに『鑑定』は使うのは失礼かな。

レモンを見る。

念のため事前にかけてもらっていたレモンの妖精の息吹は、フローラルのものとは違い解毒《げどく》の効果を持っている。

それに、この水は妖精の泉の水とよく似た感じがする。

僕は、石のコップに入った水を喉に流し込んだ。

（主様、せめて『鑑定』を使ってからでも……）

レモンが心配して言う。

だが、僕は今口に含んだ水の方に気を取られていた。

「え……美味しい。それにちょうどよく冷たい。おかわり貰ってもいいですか」

「ふぉっふぉっふぉっ、毒が入れられていたらとか、もっと疑うことも覚えるべきだ。水はそのままにしておけば湧いてきますぞ」

そのイシザルが言うように、飲み干したコップの中にはまた水が溜まっていた。

ひとまずコップを置いた僕は、自己紹介することにした。

「僕はルフトと言います。あなたの名前を教えてくれませんか」

「ルフトか、良い名じゃのー。気に入ったぞい。ルフトは魔物たらしの才能があるようじゃの。名前か……じゃが、我らイシザルは名前を持たない。うーん、儂のことは長老と呼んでくだされ」

長老は、楽しそうに笑った。

彼は自分たちを信用してくれたお礼だと、様々なことを教えてくれた。

イシザルは、死んだ猿の魂が生まれ変わりを選ばなかった際に提示される、一つの姿なんだという。

「この岩山には世界中の猿の魂が集《つど》い、数百年かけて石に宿りこうしてイシザルとして動くための体を手に入れるのじゃよ」

長老はそう言って続ける。

「ルソトに人間かと尋ねたのは、人じゃない匂いを感じたからじゃ」

「人じゃない匂い、ですか？」

「うむ、ルフトは珪化木《けいかぼく》というものを知っておるか」

「いえ」

長老は話していいものか、考えているように見えた。

やがて、ゆっくりと語り始める。

長老がしてくれたのは嘘のような話だった。

生き物は長い年月をかけて化石になる。

珪化木は植物の化石の一つだ。

アリツィオ大樹海の深域〝世界の果て〟の近くに、植物の魔物の中でも上位種に当たるエント族が暮らす領域がある。

彼らは生まれたときから死に場所が決まっているそうだ。

そこは〝エントの墓場〟と呼ばれ、死んだエントは長い年月をかけてエントの珪化木になる。

あるとき、一匹の魔物の王がその場所に忍び込んだ――

僕はそこで口を挟んだ。

「魔物の王様ですか？」

「うむ、魔物の王とは、最強の魔物を現す称号でな。しかし、それは一つではなく全部で七十二個ある。魔物たちは常に限りあるその称号を奪い合っておるのじゃよ……おっと、話が脱線したの」

「すみません」

長老は話を続ける。

墓場に忍び込んだ魔物の王は、エントの珪化木を盗んで逃げた。

ここで問題なのはエントの珪化木の効能だ。

なんとこの珪化木を使うと、異なる種族の能力を取り込むことができるという。

粉末状にした珪化木と合わせて生き物の一部分を摂取すると、その生き物の性質を一部、獲得できるというのだ。

魔物の王は、珪化木を使ってさまざまな生き物の力を混ぜ合わせ、おもちゃにした。

僕から感じる匂いはそのとき生み出された魔物に似ているという。

長老は〝もし、お主と同じ村の者と出会ったら儂のもとに連れてきなさい。もしかしたら、お主が記憶を失った理由がわかるかもしれんぞ〟と結んだ。

「ありがとうございます」

話を聞いただけなのに、僕はもの凄く疲れてしまった。

今日はもう帰ろう。

「ファジャグル族の代表者はおるか」

長老の言葉に、ゲゲさんが怯えながら手を挙げる。

「そう怯えんでくれ、取って食ったりはせん。儂からの提案なのじゃが、もしよければファジャグル族とイシザルとで交流をせんかと思ってな。それがルフトの役に立つ日が来るかもしれん」

ゲゲさんは神妙な顔で長老に答えた。

「時間を貰ってもいいでしょうか？　村長やみんなと相談したいのですぞ」

「構わん。いい返事を貰えたら嬉しいの」

その数日後、ファジャグル族とイシザルは同盟を結んだ。

同盟の代表者は……ルフト、つまり僕だ。

心労で寝込みたくなったよ。

✽

僕がカスターニャの町を出発してから早いもので数ヵ月が過ぎた。

今は二回目になる植物ダンジョンのボス部屋で、ローズが一人でボスのデーモンソーンと戦っている。

初級ダンジョンということもあり、成長した従魔たちには少々物足りないようで、今回はゲーム要素を取り入れてみた。

ローズは他の従魔とのジャンケンで勝って、デーモンソーンと戦う権利を勝ち取った。

せっかく勝ち取った権利なので、すぐに戦いを終わらせるのをもったいないと思っているのだろう。

ローズはデーモンソーンと一定の距離を保ちながら、再生する刺つきの蔓《つる》をひたすら斬りまくっている。実に楽しそうだ。

遊びすぎている気もするけど、ローズの後ろにはホワイトさんも控えているし問題ない。

僕はそんなホワイトさんを見ながら、一抹《いちまつ》の寂しさを感じていた。

ついにホワイトさんも進化して大きくなってしまったのだ。

僕はホワイトさんを膝の上に載せてまったりする癒しの時間を永遠に失ってしまった。

ホワイトさんが進化したのには、次のような経緯がある。

つい先日、僕らはイシザルの長老の許可を貰って、岩の森の中域へと向かった。

そこで僕たちは野生のストーンゴーレムと出会ったのだ。

ちなみにゴーレムは、魔法生物で魔術師が魔法で生み出すタイプと、土地の魔力が鉱物に宿って生まれてくる二つのタイプがいる。

後者の天然モノといわれる野生のゴーレムはとても珍しく、人工のゴーレムに比べて動きが非常に滑《なめ》らかで速い。

ゴーレムはスライムと一緒で、体の中心にある核さえ壊されなければ、素材を集めて何度でも自己修復することができる。

また、野生のゴーレムたちは言葉は喋れないが、感情を持っている。

ともかくそんな特徴を持つ彼らは、食事も不要で岩を積み上げて遊ぶくらいの娯楽しか持たなかったというのもあって、すぐに僕の従魔たちと打ち解けた。

ゴーレムと会えるというのはもちろんだが、強い魔物と実戦訓練ができるここは、僕たちにとってありがたい場所となり、週に三日くらい訓練するようになった。

そんなふうにゴーレムと交流するようになったのはいいんだけど……問題はストーンゴーレムたちは手加減が下手で、毎回大量の怪我人が出てしまうことだ。

それで、厳しい環境で一人回復役として頑張ったホワイトさんが、当然のように進化してしまったというわけ。


はあ、止められなかった……

ホワイトさんはヒールスライムからハイヒールスライムになり、大きさも倍の直径六十センチのミカン型になった。

新しく『ヒールボール』という、光の玉を吐き出してぶつけることで、相手を癒す能力を身につけた。

命中率があまりよくなく、たびたび敵にぶつけて癒してしまうのは、ご愛嬌《あいきょう》だ。

どうでもいいが、岩の森での訓練中、何度もゴーレムたちに『ヒールボール』をぶつけたことで、ゴーレムたちのアイドル的なポジションを確立してしまったようだ。

この前なんて僕たちが帰る際、ゴーレム数匹がホワイトさんに続いて従魔の住処に入ろうとしていたし……

もちろん従魔じゃないので弾かれていたけど。

同じように核を持つ生き物同士、何か通じるものがあるのかもしれない。

僕はそんなことを考えながら、デーモンソーンと戦うローズに目を戻す。

今度はホワイトさんが投げたヒールボールを、ローズがわざとかわしてデーモンソーンに当てて回復させている。

ローズの戦闘を長引かせるだけの行為に、さすがのホワイトさんも体を変形させて怒ってるな。

ホワイトさんは回復魔法だけじゃなく、治療用薬草の管理も行っている。今では新しい薬草を植えるときには、僕ですらホワイトさんの許可がいるくらいだ。

そうそう、この数カ月で僕と従魔たちの関係にも変化があった。

今までは僕の命令で動くのが基本だったのだけど、今ではみんなも素直に自分の意見を言ってくれるようになったのだ。

言葉が喋れなかったスライムたちも文字を覚えて、イシザルから貰った黒板にチョークという白い石で自分の言いたいことを書いて教えてくれるようにもなった。

そのうちに、レッドさんとグリーンさんも進化してブルーさんの大きさに追いついた。

進化は嬉しいんだけど、ただ百二十センチ近いスライムが三匹並ぶとダンジョンの中は少し窮屈だ。

実際、昨日二匹と並んで通路に駆け込み、仲良く一緒に挟まって動けなくなったし。

二匹は楽しそうだったし、僕もプニプニ感が気持ち良くて楽しかったけど、それを見たみんなが私も私もと飛び込んできた。

最後はみんなでホワイトさんに正座させられ、黒板に〝ふざけないでください〟と書かれて怒られてしまった。

そんなことを思い出している間に、ローズもやっと戦いを終わりにしようと思ってくれたみたいだ。

デーモンソーンの再生が追いつかないくらいに蔓を斬り裂き、前に進む。

クレセントアックスを横に払い、デーモンソーンの本体である眼球のない女の顔を斬り離した。

ボスのデーモンソーンを倒したことで、攻略を表す光の紋章が浮かんで宝箱が出現する。

「さーて、何が出るかな……」

出現した宝箱の大きさから、武器や防具ではなさそうだ。

うちの従魔たちは武器や防具が出ると関心を示すのだが、それ以外のときはあまり興味を示さない。

今回もそんな感じだろうな。

僕は蓋を開けて宝箱を覗く。

中には、蓋に封がされた古い壺が一つ入っていた。見覚えがあるな……召喚の壺には違いないけど、アルジェントが出てきた壺とは少し形が違う。

この壺を開けるかどうかは、少しの間保留かな。

その後、僕らは光る紋章に触れ、二回目の植物ダンジョンの攻略を終えた。

✤

ここ数日、僕らは岩の森に籠り、修練を続けている。籠るといっても寝るときには従魔の住処に入るから、野営感はまったくない。

従魔たちだけでなく、僕もストーンゴーレムたちとだいぶ仲良くなり、彼らに引き止められるまま、寝る直前まで外にいることが増えた。

今日も僕は夜まで外にいて、空を見上げていた。

こうしてのんびり夜空を見るのは初めてじゃないだろうか？

もちろん視界の片隅に星が見えたことはあったと思う。だけど、夜空を見上げて星をじっくりと見るのはきっと初めてだ。

暗くなると、魔物に襲われるのを警戒して従魔の住処に引っ込んでいたし、今まで機会がなかったのも当然かもしれない。

本当に綺麗だ……

こんな綺麗なものを今まで見逃していたのは、ちょっぴり損した気分になる。

手を伸ばすと掴めそうなくらい星が近くに見える。

これはゴーレムたちに感謝だね。

僕が地面に横になりながら夜空に向けて手を伸ばしていると、ドングリが僕の側にやってきて寝転がる。

白い耳はまだ残っているけど、進化したドングリの姿にはシロミミコヨーテ時代の面影《おもかげ》がほとんどない。

ドングリとアケビは、つい先日この姿に進化した。

ドングリは体長三メートルを超え、アケビも急激な成長を見せて今や二メートルはある。

全身の毛も茶色だったものが生え変わり、艶《つや》やかな銀色になった。

新しい種族名はシルバーウルフ。アリツィオ大樹海の中域に生息する獣の中でもかなり強い魔物だ。

白い耳と額から伸びた短い角は、他のシルバーウルフにはないドングリとアケビだけが持つ特徴だろう。

目は出会ったときと変わらないかな？

目の前にあるドングリのふわふわな毛に全身を埋めてみる。僕はドングリとアケビの獣の臭いが好きなようだ。

しかし、顔を埋めてスーハースーハーしていると、ローズに思いっ切り引き剥がされてしまった。

少し変態がすぎたか……

（お父様、なんでいつもドングリにばかり顔を埋めてクンクンしているんですの。たまには私にも同じことをしてください）

顔を真っ赤にしながらローズが言った。

いやそれ犯罪だから……ひとまず頭だけでも撫でておくかと手を伸ばしたが、ローズは頬っぺたを膨らませていた。

怒っているんだけど、撫でられるのは好きみたいで、怒りながらニヤニヤするという器用な一面を見せる。

そんなローズを微笑ましく思っていたら、眠気が急に襲ってきた。ドングリの温かい体に埋まっていたせいだろう。

「みんなー、また明日よろしくね」

僕はゴーレムたちに手を振ると、みんなと一緒に従魔の住処へ大きなあくびをしながら入っていく。

この地での特訓は、僕にも変化を与えた。

クラスはその人間の功績で変化することがある。僕のクラスはテイマーからテイマーエミネントに変化した。

これで強くなったのかと言われたら弱いままだ。

武器の熟練度を上げるウォリアーリングを外せば、まともに武器も使えなくなるし、運動能力も大きく落ちる。

収穫といえば、二つのスキルを正式に得たことだろうか。

一つは従魔に従者を与える『従者《じゅうしゃ》の欠片《かけら》』。

もう一つは、僕が同盟相手と認めれば、部族単位で魔物を従魔の住処に招待できる能力『従魔師《じゅうまし》の同盟《どうめい》』だ。

今までは従魔しか入れなかった空間に、僕が仲間だと認めればその種族ごと従魔の住処に出入りできるようになった。

この『従魔師の同盟』については、今のところイシザルの長老にしか教えていない。

部族すべての人の心からの同意がないと契約できない力だから、人間のように人口が多い種族には使えないだろう。

ちなみに現在のルフト同盟の加盟種族は〝ファジャグル族〟〝イシザル族〟〝アリツィオストーンゴーレム族〟の三つだ。

増やす予定もないので、今はそれぞれの種族と交流を深めることにしている。

✽

夜空を見上げてまったりした次の日。

ゴーレムたちがいる場所で過ごす一日は、まず従魔の住処で朝食を食べて、畑仕事をすることから始まる。

その後の時間をどう使うのかは従魔たちに任せている。

レッキスやストーンのように、一日中日向ぼっこをして過ごすのももちろんありだ。

従魔たちは僕と契約をしてから、僕に縛られて生活している。

こういう他の冒険者や魔物を気にしなくてもいい場所くらい、自由にさせてあげたいと思ったがゆえの判断だった。

まあ、こういう日が少しくらい続いてもいいよね。

第三章　アケビの恋

（お父様、気が付いていますか）

「ん、ローズ、何？」

（アケビのことですわ）

アケビのことか……確かにここ数日ゴーレムたちとの修練には参加せず、従魔の住処の外に出ると一匹で森の奥へと消えていくんだよね。

毎日暗くなる前には戻ってくるし、問題ないかなーとは思っていたのだけど、こうも毎日だとどこで何をしているのか心配になる。

「毎日出かけていくから、僕も気にはなっていたよ」

（私の予想ですが、アケビには好きな殿方《とのがた》ができたのだと思います）

「え、殿方……」

僕は思わずポカンとした。

好きな人……好きな狼？　好きな魔物？

アケビの場合どう表現するのがいいのだろう。最近、寝る前にブラッシングをよくねだるようになったけど、あれはおめかしだったのかな……怪しい点はいくつかある。

年齢的にも発情期のようなものがあっておかしくない。

彼氏がいても驚くことはないけど……

「好きな殿方ね……どうなんだろう。アケビに釣り合うやつがこの辺にいるかな」

（まだ好きな殿方がいると決まったわけではありませんが、気になるなら調べてみるべきかと。明日アケビの後をそっとついていってみませんか？）

気になると言えば気になる。

アケビは僕にとって娘のようなものだ。

変なやつに騙《だま》されてほしくない。

「うーん、僕も気にはなるけど、耳と鼻がいいアケビの後をつけるのは無理だと思うよ」

ドングリとアケビは、このパーティの斥候担当だ。

果たして、アケビに気付かれずに後をつけることなんてできるのだろうか？

こっそりつけているのがバレて、アケビに嫌われたくはない。でも、アケビの彼氏がどんなやつなのか、父親役としてとても気になるところでもある。

うーん……悩ましい。

（お父様、確かにアケビは聴覚と嗅覚《きゅうかく》には優れています。ただ犬や狼の嗅覚は人工の香りに対しては鈍感らしいですわ。それに聴覚ならアルジェントがうちで一番凄いんですのよ）

「え、アルジェントって耳がいいの？」

（はい、この前試してみたんですけど、二キロ以内であれば、音を聞き取れるようです。さすがにアケビの後を追うとなると、一キロ以内を保つのがいいかと思いますが）

事前にそんなことまで……

ローズは元々アケビの後をつける気満々だったんだろうな。魔物でも女の子なら恋バナに興味を持つものらしい。

（ローズは、お父様のお嫁さんになるので安心してくだちゃ……い）

ローズが顔を真っ赤にしながら言った。

噛んだし、下を向いてプルプルしてるけど。

ちなみに〝ククク〟と笑いを堪《こら》えきれず、声を漏らしたのはレモンだ。

仲良いな、二匹は。

まあ、気が引けるけど、これはアケビが変な狼に騙されないようにするためなんだと自分に言い聞かせて、明日アケビの後をつけることにした。

対策としては、僕らの匂いに気付かれないようできるだけアケビの風下から、アルジェントの背中に乗って地面すれすれを飛び移動するくらいだ。

あわせて香草で作った魔物用の匂い消しを使うことにした。

✽

次の日――

僕は緊張していたのか、誰よりも早く目が覚めてしまった。

娘に彼氏ができたのかもしれないこの一大事。

ぐっすり眠ってなんていられない。

十一歳が何をと世間からは言われるかもしれないけど、親心に年齢は関係ない。

朝食を終えたアケビは外に出ると、いつも通り岩の森を抜けて木々の多い森の中へと消えていった。

アケビが十分離れたことを確認してから、僕もローズと一緒にアルジェントに跨り、木々の間を泳ぐように抜け、音を消して後を追う。

かなり奥まで来たというのに、アケビに止まる気配はないようだ。

それにゴーレムの縄張りを抜けてだいぶ経つのに、いまだに魔物どころか動物の姿すら見えない。

だんだんと森を包む空気が変わってきた。

深域の境界線が近いのかもしれない。

知らず知らずのうちに僕は冷や汗をかいていた。

深域に住む魔物たちは強い。

万が一そんな魔物と遭遇すれば、ローズとアルジェントがいても勝ち目は薄い。アケビはこんなところまで何をしに来ているのだろう。

(お父様、そろそろ戻った方がいいのではないでしょうか)

ローズも自分たちが今いる場所が危険だとわかっているのだろう。

そのとき、アルジェントがアケビが止まったことを教えてくれた。

「もう少しだけついていってみよう」

僕はそう言ってローズと一緒にアルジェントの背中から降り、アケビのいる方向へと静かに進んだ。

深域が近いせいで、地面と周りの木々から感じる魔力の濃さに息苦しくなる。

ただ、近くに咲く花の香りが強いのは運が良かった。この場所ならアケビも僕たちに気付くことはないだろう。

僕らは風下から少しずつアケビが見える場所へ移動して、観察を始めた。

アルジェントは体が大きく目立ってしまうため、離れた場所に待機してもらっている。ローズだけが僕の横にいた。

アケビが座っていたのは、見通しがいい開けた場所だった。

（待ち合わせでしょうか？　アケビが誰かを待っているように見えますわ）

この位置で僕が返事をすると、アケビに気付かれてしまう可能性がある。僕はローズの念話にただ頷き返した。

確かにローズが言うように、アケビは誰かと待ち合わせをしているように見える。

何よりも気になるのが、アケビの見ている方向がアリツィオ大樹海の深域に向いていることだ。

アケビが毎日会いに来ていたのは、深域の魔物なんだろうか？

深域の魔物が相手では、もし仮に相手がアケビを平気で捨てるようなダメ男でも、僕にそれを止めることは難しいかもしれない。

息を殺して様子を見守る僕たちの前に、アケビの待ち人が現れた。

周りの木々を大きく揺らす強い風が吹いたかと思うと、アケビの前に一匹の大きな白い狼が立っていた。

アケビから目を離したのは、風が起きた一瞬だけだったはず。

どうやって現れたんだ……

距離があるため正確な大きさはわからないけど、白い狼は七、八メートルはあるように見える。

あれだけ大きな生き物がどんな方法を使えば、目を離した一瞬で姿を現せるのか、まったく想像できない。

白い狼の背中には鷲《わし》に似た立派な四枚の翼が生えており、さっきの突風はあの翼の羽ばたきで起きたようだった。

（お父様、早く逃げましょう……！　あれは、とんでもない化け物です）

ローズは青い顔でガタガタ震えながら言った。僕の手に触れた彼女の手からも恐怖が伝わってくる。

ローズがこれほど怯えるとは、あの白い狼はかなり上位の魔物だろう。

僕も圧倒的なプレッシャーを感じていた。でも動けない。少しでも動くとあの白い狼に見つかってしまいそうだった。

僕は自分の体が暗闇に呑まれた感じがした。

恐怖心から自分が呑み込んだツバの音すら、相手に聞こえてしまうんじゃないかと思えてしまう。

下手したら殺気を向けられただけでショック死してしまうかもしれない。

（お父様、私が時間を稼《かせ》ぎます……逃げてください）

ローズは怯えながらも僕だけでも逃がそうと必死だ。

こういうときこそ僕がしっかりしなきゃいけないのに……僕はローズの震える手を安心させるように強く握りしめた。

しかし、僕らはあっけなく見つかってしまった。

白い狼は、僕たちの隠れる茂みに向かって唸り声を上げる。

「そこで覗き見しているのは誰だ。殺される前に出てきた方が身のためだぞ」

人の言葉まで喋るのか……

それに茂みに隠れている僕を、気配だけで人間だと判断した。

ローズの言う通り、とんでもない化け物で間違いないのだろう。

僕が出ていこうとすると、ローズは僕の手を掴んで引き止めた。

(お父様、出ちゃダメです、殺されます……あいつは適当に言っているだけかもしれません。お願いです、行かないでください)

ローズは何度も首を左右に振り、行かないでくれと訴える。

その目からは涙が零《こぼ》れていた。

魔物だからこそ、彼女は僕以上に相手の強さを感じている。

「ローズ、人の言葉で出てこいと言われたんだ。隠れていることも僕が人間だってこともバレてるさ」

僕は白い狼にも聞こえる声でそう言った。

ローズの手を両手で包み、僕はテイマーとして手を離すように命令する。従魔にとってテイマーの命令は絶対なのだ。

「覗き見をするような真似をしてすみませんでした。僕はルフト、テイマーです。そしてここにいるみんなの父親でもあります」

恐怖で喉の奥へと引っ込みそうになる声を搾《しぼ》り出す。

いつの間にか僕の後ろには、震える手でスコーピオンを握るローズと、恐怖からか胸びれが縮み、それでも牙を見せて立ち向かおうとするアルジェントがいた。

「勇気のある人間と魔物たちだ。だが、無謀《むぼう》と勇気は違うと思うんだがね」

白い狼は一歩一歩僕たちへと近づいてくる。

その魔物を前にしたら、恐竜たちが可愛く思えた。

白い狼までの距離五メートルあまり……そのときだった。

アケビが前足で白い狼の頬を思いっきり殴った。

「っ!?　アケビさん、急に殴らなくてもいいじゃないですか」

白い狼の静止の言葉を無視して、アケビは殴り続ける。

「アケビさん、ほんと……ごめ……すみません、許してください。あなたのお父さんがどんな人か気になって試そうとしただけです。許してください」

なんなんだろう、この茶番は……

僕は一気に拍子抜《ひょうしぬ》けしてしまった。

白い狼の最初の口調は演技だったのかな？

延々と殴られる白い狼が、段々気の毒になってきた。

そろそろ止めるか。

僕はアケビの頭を撫でながら〝もう大丈夫だよ〟とアケビに囁《ささや》いた。

「お父さん、ありがとうございます、ありがとうございます」

白い狼は涙ぐみながら僕に頭を下げてくる。

「僕は、あなたのお父さんでは……」

僕が言い終える前に、狼は腹を地面につけて狼流の土下座をした。

この白い狼、腰が低すぎないか……魔物の豹変《ひょうへん》に驚きすぎたのか、後ろのローズとアルジェントは固まってしまっている。

そんなことはお構いなしに、狼は姿勢を戻して自己紹介をした。

「初めまして、お父様。驚かせてしまったようですみません。私はこのアリツィオ大樹海の深域に暮らす魔物でマルコキアスと申します」

マルコキアスと名乗った白い狼は、僕にもう一度深く頭を下げた。

僕はマルコキアスさんのお父さんじゃないんだけど……まあ、死ななかっただけよかったのかもしれない。

アケビの尻に敷かれている感じだし、悪い人ではなさそうで安心した。

「はじめましてマルコキアスさん、こちらこそ覗き見するような真似をしてすみませんでした。ルフトと言います」

思わず手を差し出したものの、こんな大きな狼にお手をされるのは怖いな。

それでもマルコキアスさんは器用に指先で僕の手に微かに触れた。どんな金属でも引き裂きそうな鋭い爪を見て、改めて死ななくてよかったとホッとする。

「いえ、これだけ綺麗なお嬢さんですから、お父さんが心配するのも仕方ないですよ、はははは」

白い狼の顔が真っ赤になっている。

そんなに照れながら言わなくても……言った後にアケビに向かって〝言ってやったぜ〟的なドヤ顔を決めてるし。

とんでもない魔物なのに憎めない狼だな、マルコキアスさん。

アケビも言われて満更じゃないらしく、自分の体をマルコキアスさんにすり寄せている。そんな二匹を見ていたら、少し前に死ぬ覚悟をしたのが急におかしく思えた。

殺されることはないとわかって安心した僕は、まず決死の覚悟で僕を助けようとしてくれたローズとアルジェントの二匹に近寄る。

「ローズ、アルジェント、一緒に立ち向かってくれてありがとう」

ローズの顔にはまだ緊張が残っているけれど、さっきまであった絶望の表情は消えていた。僕は腰に吊るしていた袋からハンカチを取り出すと、涙で濡れたローズの顔を優しく拭いた。

ローズは強い魔物ではあるけど、生まれてまだ一年も経っていない。

人間だったら赤ん坊のようなものだ。

本当に怖かったのだろう。安心したローズは、僕の胸に顔を埋めて泣いた。

僕の仲間たちは魔物だから、年齢不詳な部分はある。

一年で大人になる生き物だっているだろう。それでも肉体的には大人になったとしても、精神は年月と経験で培《つちか》われるものだと思うから、みんなまだまだ子供なんだ。経験という意味じゃ、僕の精神年齢は、実年齢の二倍くらいはあってもおかしくないのかも。

僕はいつもみんなの親であろうと背伸びはしている。もちろん、まだまだ未熟だし、わからないことも多い。

今回のように判断を誤ってピンチを招いてしまうことだってある。

子供だから間違いは仕方ないと言う人もいるかもしれない。それでも僕は、みんなより早く成長しよう。

テイマーは従魔の人生も背負うのだから。

そんなことを考えながらローズの涙を拭き終えると、当然のようにアルジェントがローズの後ろで順番待ちしていた。

そんなアルジェントを見て思わず少し笑っちゃったけど、僕を元気づけようとして狙ってやったのなら大したものだ。

僕はアルジェントの目元も拭いてやろうと、ハンカチを持った手を伸ばす。

でも、僕の前にぷかぷか浮かぶアルジェントのつぶらな瞳は、涙を流したというより元々潤んでいて、水がついているだけにしか感じられない。

前々から思っていたけど、アルジェントの周りには、いつも少し湿り気があるというか、霧まではいかない水の膜みたいなものが体の周囲に浮かんでいる。

これって拭いちゃっていいものなのかな……

まあ、本人がやってほしそうだし、いいか。

僕が二匹の涙を拭き終わって振り返ると、すぐ近くに真剣な顔のマルコキアスさんが立っていた。

心臓にもの凄く悪いので、気配を完全に消して僕の後ろに立つのはやめてもらいたい。

気配の消し方が達人級というか、その姿を目にするまで、僕はマルコキアスさんがそこにいたことにまったく気付けなかった。

それにしても……

「あのマルコキアスさん、少し近すぎませんか?」

普段、ドングリやアケビに顔を舐《な》められるときに、狼の顔のアップを見ることは多々ある。

しかし、この距離で巨大で神々《こうごう》しい白い狼の顔のアップは本気で遠慮したい。マルコキアスさんに悪気はないんだろうけど、怖すぎるって。

「すみませんでした。お父さん」

だから僕はあなたのお父さんでは……ん、お父さんってもしかして、そういうことなのだろうか?

会ったときからなんとなく頭の片隅にあった予想は、マルコキアスさんの次の一言で確信に変わった。

「お父さん! 実は近々、お父さんにご挨拶に行こうとアケビさんとも話していたのです」

「僕にですか?」

「はい……」

これって、完全にあれだよね……

マルコキアスさんの隣でアケビもモジモジしている。

まさか十一歳でこのイベントを経験することになるとは思わなかった。

娘を持った男親の一生で一番複雑なイベント。

〝娘さんを私にください〟だ。

そういえば、記憶がないせいで自分の誕生日は知らないけど、去年の今頃、ギルドカードの年齢が十一歳に上がったんだよな。僕ももうすぐ十二歳になるんだろう。なんか嬉しい。少しだけ大人になった気がする。十二歳の目標は何にしようか――

「あの、聞いていますか？　お父さん」

現実逃避をしていた僕は、マルコキアスさんの声で我に返る。

「すみません。ちょっと考えごとをしてぼんやりしちゃいました。一人でいることが長かったから一人で考え込んじゃう癖があって……それで僕に挨拶って、どういうことでしょう」

マルコキアスさんは決意の表情で言った。

「お父さん……アケビさんと、アケビさんと結婚させてください！」

そう叫んだマルコキアスさんは、額を地面につけていた。

僕も覚悟はしていた。

覚悟はしていたんだけど、実際言われるとどう答えていいのかわからない。僕にはまだ難しすぎるよ……。

でも……一番に考えなきゃいけないのはアケビの幸せだよね。

「マルコキアスさん」

「はい」

「アケビを幸せにしてくれますか。守ってくれますか。彼女は家族を魔物に殺されています。あなたにアケビを守り抜く力はありますか」

「この命に代えても守り抜きます。そして絶対に幸せにしてみせます」

顔を上げたマルコキアスさんの目から、彼の本気が伝わってきた。

狼の顔の良し悪しは正直よくわからない。

でも、目の前のマルコキアスさんの顔は男前に見える。

僕にもいつか好きな人ができたら、相手の親御さんに向かってここまではっきり〝幸せにします〟と言えるだろうか。

僕は言葉を選びながら、マルコキアスさんに応える。

「命に代えるって言葉は好きじゃないです。残されたら泣いちゃいますよ。だから、ずっと二匹で一緒にいられるように頑張ってくださいね……アケビもマルコキアスさんがいいんだよね。マルコキアスさんじゃなきゃダメなんだよね？」

アケビは僕の言葉に深く頷いた。

これは、反対できないかな。


その後、僕はマルコキアスさんと二人だけで少し話をした。

マルコキアスさんは深域に自分の縄張りを持っていて、お婿《むこ》さんになることは無理のようだ。寂しいけど、アケビがお嫁さんとして嫁《とつ》ぐことになるだろう。

アケビの従魔契約についても相談してみたんだけど、事前にアケビとマルコキアスさんでそのあたりは話し合っていたようだ。

アケビは従魔契約を解消せずに残したいと、僕との繋がりを残しておきたいのだと話していたらしい。

マルコキアスさんからも、できれば彼女の願いを叶えてほしいとお願いされてしまった。旦那様としては満点だよな、この人……というかこの狼。

その上でマルコキアスさんに教えてもらったのは、テイマーにはやはり契約できる魔物の数に上限があることだ。

アケビと契約解除しない分当たり前ではあるけど、僕の契約枠は一匹減ってしまうことになる。

マルコキアスさんからはすみませんと何度も謝られたけど、もう十分仲間はいるし、枠が減るのは気にしないでほしいと伝えた。

マルコキアスさんとの話を終えて、僕は改めて二匹にお願いをした。それは結婚式を開かせてほしいというもの。

僕には家族の記憶がない分、アケビにはみんなとの思い出を残してあげたいと思ったのだ。マルコキアスさんのタキシードとアケビのドレスはニュトンたちにお願いすればいいだろう。二匹とも大きいから大変だろうけどね。

暗くなってきたこともあり、僕らはそこでいったん話を切った。

「ではお父さん、明日また伺います」

こうして僕らは別れた。

当分、太古の大湿原の調査はお休みだな。

入り口周辺の生き物や植物についてもほぼ把握できたし、今は結婚式の準備に集中しよう。

✽

僕たちはいったんアケビを連れてイシザルの里に戻った。

マルコキアスさんが来てもみんなが驚かないように、アケビと結婚する大きな狼のお客さんのことを伝えて回った。

これで大丈夫だろうと思ったんだけど……

翌日やってきたマルコキアスさんの放つ気配は想像以上だったようだ。

空を飛んでいるときに見つけたからと、ワイバーンを口にくわえてくるし、なおさらみんな怯えてしまった。

とはいえ、イシザルやストーンゴーレムと違い、僕の従魔たちは食べ物に目がない子が多いから、マルコキアスさんよりもプレゼントのワイバーンが気になるみたいだ。

ワイバーンって尻尾の毒針さえ気を付ければいいんだったかな？　後でマルコキアスさんに聞いてみよう。

そんな中でも、ストーンゴーレムたちの反応は凄かった。恐怖で完全に固まってしまってまったく動こうとしないのだ。

ホワイトさんが、周りをぴょんぴょんと飛び跳ねてストーンゴーレムたちをフォローしてくれているけど、彼らが正常に動き出すまでにはまだまだ時間がかかりそう。

「こっちです。マルコキアスさん」

まずはアケビの結婚式の準備を進めないと……

そう思った僕は、ストーンゴーレムたちをホワイトさんに任せて、いまだに空を飛んでいるマルコキアスさんに両手を振った。

ようやくマルコキアスさんがこっちに気が付いて、僕の前に下りてきた。アケビとドングリもこっちに駆け寄ってくる。

「お父さん、今日はよろしくお願いします。あちらがアケビさんのお母さんですね。お母さんもお美しい」

アケビだけじゃなくドングリのことも褒めてもらえたのは嬉しかったけど、ちょっとだけ意地悪をしてみることにした。

「ドングリまでお嫁さんに、というのはなしですよ？」

僕とマルコキアスさんのやり取りにアケビが機嫌を損ねて、そっぽを向いてしまった。

こんなやり取りをしていたら、やきもちを妬《や》くよね。

そういえば、僕は昨日のうちにドングリに、アケビがマルコキアスさんに嫁ぐことになるが、ドングリはどうしたいのか素直に聞いてみた。

通訳はホワイトさんだ。

アケビについていきたいと言えば、僕はそれを快く送り出すつもりでいたのだけど、ホワイトさんは黒板に〝ドングリは主様と一緒にいるそうです〟とドングリの言葉を記した。

それでもドングリだって娘と別れるのは辛いだろう。

アケビが旅立つまでの時間、できるだけドングリとアケビが一緒にいられる時間を僕が作ってあげよう。

「お父さん、いい加減に助けてくださいよ」

アケビに無視され続けるマルコキアスさんが助けを求めてきた。

ニュトンたちが衣装の採寸をしたがっていたのもあり、僕はやれやれと思いながらも二匹の仲裁に入った。

ニュトンたちは仕事道具を持って早速二匹の採寸を始めた。

手持《ても》ち無沙汰《ぶさた》な僕は、マルコキアスさんに質問を向ける。

「マルコキアスさん、少し聞いてもいいでしょうか？」

「私に答えられることであれば、なんでも聞いてください」

僕は、深域に縄張りを持つマルコキアスさんだからこそ、聞いてみたいことを尋ねた。

「それじゃあ……深域とは、どんなところなんですか」

「お父さんは、深域を目指しているのですね」

そう言ったマルコキアスさんの声は重く、複雑な表情を見せる。

しかし、僕ははっきりと自分のやりたいことを伝えた。

「はい、僕は冒険者ですから。アリツィオ大樹海の謎を解明するためにもいつかは深域を目指したいと思っています」

僕の言葉にマルコキアスさんは、どう答えるべきか思案しているようだった。

「私としては、お父さんには深域に来てほしくありません。あなたが死んだらアケビさんが悲しんでしまいますから」

それでもマルコキアスさんは〝詳しくは話せませんが〟と前置きしてから語ってくれた。

「私はアリツィオ大樹海に土地を持つ、魔物の王の一匹なんです」

魔物の王……イシザルの長老が話していたな。

「あなたは、七十二個あるという魔物の王の称号を持っているんですね」

「なぜそれを……まあ、いいでしょう。おっしゃる通り私は〝マルコキアス〟の称号を掴んだ者です。そのときに古き名は捨てましたので、今はマルコキアスを名乗っています」

マルコキアスさんは、僕にアリツィオ大樹海の深域について、話せる範囲でいろいろ教えてくれた。

アリツィオ大樹海の深域には、それぞれの縄張りを持つ魔物の王が数十匹棲《す》んでいて、一匹一匹が魔物の王の名と、その名に見合う宝物を持っているそうだ。

もし、その縄張りに王とその眷属《けんぞく》以外の者が足を踏み入れれば、それがいかなる者であっても王は侵入者を許さず殺しに来るという。

もちろん深域すべてがそうではないが、魔物の王の縄張りを知る方法はない。知らず知らずのうちに危険域に踏み込んでしまう場合もあるという。

だから深域には来ないでほしいと、マルコキアスさんは怖い顔で言った。

「私としては、お父さんに危険な目にあってほしくはありません。アケビさんの家族は私の家族でもありますから。殺されるとわかっている場所には来てほしくないんです」

マルコキアスさんの気持ちは嬉しい。

僕も死にたくないしね。

それでも冒険者を続けていくなら、いつかは深域に挑戦してみたいし、実際にそのときが訪れるかもしれない。

何よりもイシザルから聞いたエントの墓場は、自分の過去と繋がる数少ない手がかりの一つだ。

僕はマルコキアスさんの忠告を頭に入れつつ、深域への挑戦について思いをはせるのだった。

僕とマルコキアスさんの話が終わる頃には、ニュトンたちによる採寸も終わっていた。

衣装や会場の準備にかかる時間をおおまかに計算したところ、一月もあればなんとかなりそうだ。

簡単な日程の調整と準備の割り当てが終わると、マルコキアスさんも深域の自分の縄張りへと帰っていった。

マルコキアスさんとアケビは魔法で縁を繋いだそうで、アケビが来てほしいと強く願えば、アリツィオ大樹海の中でなら、それがマルコキアスさんに届くらしい。僕にも〝必要なときはアケビさんを通じて声をかけてください〟と言ってくれた。

いろいろと落ち着いたところで、僕は結婚式でアケビにしてあげたいことを考える。

アケビは食べることが大好きだ。

深域に行く前に、ここでしか食べられないような、とびきりの美味しい料理を作ってあげられないだろうか。

できればアリツィオ大樹海の外で獲れる素材がいい。

マルコキアスさんもアリツィオ大樹海の魔物の肉は食べ慣れていると思うし、何かいい食材はないかな？

僕の言葉を聞いたボロニーズが〝ハーイ〟と手を挙げた。

「あるじ、おいら、いいことおもいついたぞ！」

「ボロニーズは結婚式にぴったりな食材に、心当たりがあるのかい？」

「うん、ある、へりゅまんとすがいい！」

「ヘリュマントス？」

魔物の名前だろうか……聞いたことがないな。

「おお、へりゅまんとすか、ぼろにーず、かしこい」

「えっへんだ、テリにぃ、へりゅまんとすが、いちばん」

僕にはヘリュマントスがなんなのかよくわかっていないのだけど、テリアとボロニーズはかなり自信があるようだ。

二匹の話によれば、ヘリュマントスは、テリアとボロニーズが僕と出会う前に暮らしていた、グラスゴー村という村の西にある山の名前だった。

そのヘリュマントスの山の猪《いのしし》の魔物の肉がとても美味しいらしい。

しかも、ヘリュマントスの山には、その猪が食べる橙色《だいだいいろ》の甘くてとても美味しい果物まである、と二匹はさらに興奮していた。

ここまで興奮して説明するからには、余程思い出のある食べ物なんだろうな……

「ヘリュマントスの猪は、ヘルゴさんが美味しいと言っていたのかな？」

ヘルゴさんは昔、テリアとボロニーズを住まわせていたおじいさんだ。彼が亡くなって息子たちが家業を継いだときに、テリアとボロニーズは追い出されてしまった。

「いのししはじいちゃんも、たべたことない」

どうやらヘリュマントスの山の猪はかなり強い魔物で、グラスゴーの村の人たちは誰も食べたことがないのだそうだ。

じゃあ、なぜその猪の肉がもの凄く美味しいと言われるようになったのだろう……

まあ、いいか。僕も気になるし。

伝説のほにゃららと呼ばれるものの多くは、だいたいそんな感じだ。

猪の魔物が住んでいることと美味しい果物が自生しているのは間違いないようだし、アルジェントに乗っていくとしよう。

山の探索も含めて一、二週間もあれば戻ってこられるだろう。

味が普通でもアリツィオ大樹海にいない魔物の肉なら、アケビとマルコキアスさんも喜んでくれると思う。

僕らは新たな探索に備えて準備を始めた。

✽

アリツィオ大樹海を出るのは何カ月ぶりだろう。

僕らは今、アルジェントの背中に跨り、空の上を滑るように進んでいる。

二十メートルくらいしか浮いていないのでそんなに高くはないが、空を泳いでいるような気持ちになるよ。

特殊な呼吸方法をするアルジェントの周囲には、乾燥防止のために常に薄い水の膜が張られている。

霧よりずっと薄いものだから、慣れてしまえば気にならない。

まあ、長時間背中に乗っていると服に水が染み込んでしまうから、ジャイアントトードのズボンをはいて対策はしているけど。

これから向かうグラスゴーの村は兵士が常駐しているのかな……

さすがにこのまま空から入るのは目立ちそうだし、村人たちを驚かせて攻撃を受ける可能性だってある。

ある程度近づいたら降りた方がいいよな。

小さな村らしいので従魔全員は出せないだろう。

お供にはブランデルホルストを連れていくつもりだ。彼なら無口な騎士って設定で村に入れると踏んでいる。

そこまで考えたところで、僕はこの空の旅を楽しむことにした。

アルジェントの背中の乗り心地は思っていた以上に快適だ。

従魔のみんなは最初は怖がっていたんだけど、今は誰が乗るか揉めるくらいに気に入ったみたいだ。

新入りのアルジェントにとって、従魔たちは兄や姉みたいな存在だろうから、背中に乗ってもらえることを喜んでいる。

アルジェントが召喚の壺から出てきたときは、見た目の怖さと大きさに、一緒に暮らしていけるか不安だった。

でも、どんな魔物でも仲良くなってしまいさえすれば、意外になんとかなってしまうものだ。

「アルジェント、空を飛ぶって最高だよ。ありがとう」

僕がお礼を伝えると……

ん、どんどんスピードが速くなっていくぞ……？

「アルジェント——速い、速すぎだよ————！」

もの凄いスピードで飛んでいるせいで、アルジェントに声が届かない。

褒められたのが嬉しかったのだろう。

どんどん僕らを喜ばせようと飛ぶスピードを上げていく。振り落とされないように掴まっているのがやっとだ。

このままだと誰かが落ちてしまう。

予想通り、レモンが空中に放り出された。

自分の背中から重さがなくなったのに気が付いたアルジェントは、ハッとした顔でUターン。落ちる前に見事レモンを受け止めた。

落ちたレモンも、一緒に乗っていた僕とテリアも急停止と急なUターンでぐったりだ。

その後、アルジェントはレモンにひどく怒られてしまった。


その日は、上に乗る僕らの方が先に疲れてしまい、早めに休むことにした。

だが、一つ発見があった。

アルジェントは空を飛んでもほとんど疲れないらしい。彼は魔法で浮かんで胸びれと尾びれで空気を押して進む。

でも浮かぶこと自体はアルジェントにとって、呼吸をするのと変わらない自然な動作なのだそうだ。

唯一力を使うのは前に進むための胸びれと尾びれの動作のみ。

そのおかげでトイレ休憩と食事、アルジェントに乗るメンバーの交代以外は、ずっと休まずに飛ぶことができる。

とても便利な移動手段だ。

次の日——

（主様、何かお探しですかな）

アルジェントに乗って空を飛んでいる間、僕がきょろきょろとあたりを見回していると、フローラルが質問を向けてきた。

「空の上だしワイバーンがいないかなーって。マルコキアスさんから貰って食べたワイバーンのお腹の肉が美味しくてさ。もう一度食べたいなって思ったんだよ。フローラルも探すの手伝ってよ」

（なるほど……だがのう主様、ワイバーンがこのあたりを飛ぶことはないと思うぞ。アリツィオ大樹海の魔物は、樹海の外には滅多に出たがらないからのう）

「そっかー、いないのか」

アリツィオ大樹海に魔物が多いのは、樹海が持つ魔力が魔物を引きつけているためだ。より強い魔物は、さらに美味しい魔力を求めて樹海の奥地を目指す。強い魔物ほど、アリツィオ大樹海の外に出ることはない。

ゴブリンやコボルトのように人に近い考え方をする魔物や、アリツィオ大樹海の魔力を好まない魔物は例外だけど。

確かにフローラルの言う通り、アリツィオ大樹海を出てからワイバーンはおろか、空を飛ぶ魔物にあうことはなかった。

その方が、到着も早くなるしいいのだけど……未知なる食材との出会いがないのは少しだけ残念な気もするな。

そういえば結婚式の会場は、イシザルの長老とファジャグル族の村長のドドさんの厚意で、小人とイシザルとストーンゴーレムのみんなに設置を任せることになった。いろいろと計画を練ってくれていることだろう。

結婚か……あまり実感がわかないな。今回のヘリュマントス探索が、アケビと最後の思い出作りになるのか……

僕は今後従魔の住処でも、できるだけみんなとアケビが遊ぶ時間を作るつもりでいる。

今もアルジェントが仲間になったことで広くなった従魔の住処では、みんなで本気の鬼ごっこをしているのだろう。

つい先日、僕も彼女の鬼ごっこに付き合った。

走ることが大好きなアケビについていくのは大変だけど、やっぱり楽しい。

丸い円盤《えんばん》を飛ばしてキャッチするフライングディスクという遊びをやった。まあ、みんなが本気になりすぎて、遊びというより戦いになっていたけどね……僕にはもうあの円盤が武器にしか見えない。

いつもはここまで激しく従魔たちがふざけたら真っ先に止めるはずのホワイトさんですら、〝怪我をしてもいくらでも治療するから〟と張り切っている。みんなそれだけアケビとの別れが寂しいんだろう。

種族は違えど僕らは家族であり、みんなが年の近い兄弟のようなものなのだ。

アケビとの思い出を振り返る僕を乗せて、アルジェントは空を突き進んでいく。

✽

さらに翌日――

ついにグラスゴーの村が見えた。

目立つアルジェントには従魔の住処に戻ってもらい、今はブランデルホルストと二人だけで村に向かう荒れた道を歩いている。

村に入る前に、テリアとボロニーズの記憶を頼りに、村はずれにあったという二匹が働いていた農場を探しているのだ。

だが、それらしい農場を見つけることができない。

そんなとき、村の方から一台の荷馬車が走ってくるのが見えた。手を振ると止まってくれたので、御者のおじさんに農場について聞いてみる。

本来は盗賊を警戒して、知らない人を相手にこんなにも簡単に馬車を止めたりはしないものだ。すぐ止まってくれるなんて、このあたりの治安はそこそこいいのだろう。

「すみません。道を聞きたいのですが……」

「ん？　道がー。何探してんだ、おめーら」

この様子だとブランデルホルストはちゃんと人に見えているようだ。

「ヘルゴさんというおじいさんの畑に行きたいんですが、道を教えてもらえないでしょうか」

僕の質問におじさんは大声を上げた。

「おおおー！　ヘルゴじいさんの知り合いけー。立派な騎士さんの知り合いがいだんだなー」

「知り合いというか、昔ちょっと会ったことがあるだけなので、ヘルゴさんはもう覚えていないかもしれません。グラスゴーに来た際には立ち寄る約束をしていたもので」

もちろん、口から出まかせだ。

〝昔働いていたコボルトたちの家族です〟なんて馬鹿正直に言ったのでは、怪しすぎる。

小さな村だし、噂が広まって村人たちからいろいろ詮索《せんさく》されるのも嫌なので、亡くなったヘルゴさんと面識があった体《てい》でいかせてもらう。

「そがー、ヘルゴじいさんは半年くらい前に亡くなっちまってよー。息子どもが後継いで畑やったんだけど、うまぐいがながったんだ。今は誰もいねぞー」

僕は驚いた顔をしてみせた。

それを悲しんだと勘違いした御者のおじさんは、ヘルゴさんと息子たちについていろいろ教えてくれた。


ヘルゴさんの畑は、村から少し離れたところにあるという。彼が管理していたときは村で一番農作物の収穫量があったそうだ。

では、どうして息子たちが畑を継いだだけで、一年も経たずに、その畑を捨てることになってしまったのか。

ヘルゴさんの畑は元々、グレーヘッドモールという灰色の頭をしたモグラの魔物の縄張りだった。

その魔物は自分より強い人間が討伐に来ても、余程のことがない限り、縄張りを明け渡さない。

しかし、自分より強い魔物が棲みつくと、あっさりとそこを捨てて新しい縄張りを探し出そうとする。

ヘルゴさんはその特性を利用して、グレーヘッドモールたちの縄張りを手に入れた。

そう、テリアとボロニーズたちコボルトを雇うことで、モグラの魔物たちの縄張りを労せず手にしたのだ。

グレーヘッドモールによってたくさんの穴を空けられた土地は、人間が耕した畑よりもずっとフカフカな土となる。

またグレーヘッドモールの糞《ふん》は、どんな肥料よりも土に良い影響を及ぼすと言われている。その糞を手に入れようと土を掘り返す農民も多いくらいに。

ヘルゴさんはそういう魔物の性質にも詳しかったのだ。

ヘルゴさんの息子たちも、最初のうちは最高の畑を手に入れたことで、順調に農作物を育てていた。

しかし、畑を維持するために必要だったコボルトを追い出してしまったので、ほどなくして現れたグレーヘッドモールが縄張りを取り戻すべく畑を荒らし始めた。

グレーヘッドモールたちを追い返そうと、息子たちも頑張っていた。

だが、売り物の農作物を食い荒らされ、何度追い払っても戻ってくるグレーヘッドモールに根負けし、息子たちは畑を手放すことを決めたのだった。

話を一通り聞いて、僕は思った。

テリアとボロニーズたち優しいコボルト一家を追い出した結果、息子たちには罰《ばち》が当たってしまったのかもしれないなと。

人のよい御者のおじさんにお礼を言って別れ、僕らは村から離れたところにあるヘルゴさんの農場に来た。

魔物が棲みつく場所だけあって、村からはだいぶ距離がある。

村の人は来ないだろうと考え、今まで従魔の住処で待機してもらっていたテリアとボロニーズを呼んだ。

二匹と一緒に荒れ果てた畑を見て回る。

雑草と穴だらけの畑を見て、二匹は悲しそうな顔をした。

不思議だったのは、他の建物に比べて、テリアとボロニーズが家族と暮らしていた馬小屋の状態が良かったことだ。

コボルトの匂いが染みついているため、グレーヘッドモールもここには近寄らなかったのかもしれない。

馬小屋を見たテリアとボロニーズは、複雑な表情をしていた。父、母、妹と毎日一緒に寝ていた古く傷んだ藁《わら》が残されていた。

なお、二匹の家族はここを追い出された後、アリツィオ大樹海をさまよっているときに、ゴブリンに殺されている。

「僕は外で畑を見ているね。テリアとボロニーズはお別れが済んだらおいで。時間は長くなってもいいから」

僕がそう言って馬小屋を出ようとすると、二匹が呼び止めた。

「あるじ、はなといしが、ほしい」

「おはか、とーちゃん、かーちゃん、いもうとの、おはか、テリにぃとつくる」

僕は従魔の住処の中にあるものを好きなだけ使っていいと伝え、お墓作りの手伝いを申し出る。

だが、二匹は首を横に振った。

「ありがと。でもおはか、おいらとぼろにーずだけで、がんばる」

「うん、それが良いかもね。外にいるから終わったら教えて」

僕は、馬小屋から離れた場所で待つことにした。

僕の横には、ブランデルホルストが立っている。

誰もいない静かな場所だ……風が草を揺らす音と一緒に、テリアとボロニーズの泣き声が聞こえた。

……僕に心配をかけたくないんだろうな。

空を見上げた僕の目からも涙がこぼれた。

しばらくしてテリアとボロニーズが戻ってきた。

二匹の顔はどこか晴れ晴れしている。

「あるじも、あいさつ、してほしい」

僕は頷いて、馬小屋に向かう。

二匹が馬小屋に作ったお墓は、小さな石を積んだだけの簡単なものだった。だが、その周囲には花が綺麗に飾られている。

印象的だったのは、フローラルとレモンがお墓に捧《ささ》げた、綺麗なキンギョソウとヘリアンサスの切り花。二匹は普段あまり自分たちの花を切ることを好まないのに。

僕はそれを見ながら、お墓の前で手を合わせて心の中で誓った。

テリアとボロニーズは、絶対幸せにしてみせますと……

✽

ヘルゴさんの農場を後にした僕は、ブランデルホルストを連れてグラスゴーの村を訪ねた。

期待はしていないけど、ヘリュマントスの情報を少しでも得られればと考えたのだ。

グラスゴーの村には常駐する兵士はいないが、村人たちで作る自警団があるみたいだった。

僕は村の門の近くで、自警団の青年から身分証の提示を求められた。

その若者に、首に吊るしていたギルドカードを取り出して見せる。

身分証の提示は代表者一人で良いようなので、ブランデルホルストについては何も言われなかった。

青年が僕をじろじろ見ながら言う。

「お前、まだ子供なのに冒険者とか大変だな。しかもテイマーか……まあ、後ろの立派な騎士さんの荷物持ちなら生きていけるのか」

僕だけがリュックを背負っていたせいか、ブランデルホルストの従者だと誤解されてしまったようだ。

まあ、その方が都合がいい気もする。

でも後で、ブランデルホルストが僕に向かって土下座しようとして大変だったよ。別に従者に思われるのなんか気にしないのに……

グラスゴーの村は、小さい割に人が多く賑わっていた。

まずはヘリュマントスについて情報収集か……

歩いている村人を掴まえて聞いてみた。

しかし、村人たちはヘリュマントスの山には立ち入らないらしく、テリアやボロニーズが言っていた、大きな猪の魔物と果物がある、という程度の情報しか得られなかった。

唯一めぼしい情報は、酒場にいる冒険者であればヘリュマントスの山の魔物たちについても知っているんじゃないかという村人の話だ。

どうやらグラスゴーでは、酒場と冒険者ギルドが一緒になっているらしい。

僕は酒場に顔を出す前に、村の美味しい食べ物をみんなに買っていってあげようと、店を探すことにした。

村の中心にある通りを歩いていると〝グラスゴー土産物専門店〟という気になる看板を見つけて、店の中へと入った。

するとそこには、ヘリュマントス関連の商品がずらり。ヘリュマントスの山というのは、この村の観光資源でもあるようだ。

〝ヘリュマントスの山饅頭《まんじゅう》〟に〝ヘリュマントスの猪の牙飴〟〝ヘリュマントス干し柿〟……お土産価格のためかどれも高い。

それでもせっかく来たんだし、僕は試食を食べ比べて、その中から味と食感が一番気に入ったヘリュマントスの山饅頭というお菓子を買った。

ヘリュマントスの山饅頭は、柿の実で作った餡《あん》を餅《もち》で包んだ食べ物で、口に入れたときの食感が新鮮だった。

砂糖とは違った甘さもいい。プニプニした感触はスライムに似ていた。

買いすぎてしまったので、僕は村の外れの人通りがない場所で従魔の住処を開いて、みんなに配った。

（お父様のことをブランデルホルストの従者と間違えるなんて……殺してきます）

従魔の住処でも外の音は聞こえるため、先ほどの門番に怒ったローズが殺気立《さっきだ》っていた。

僕は彼女の口に饅頭を押し込み〝僕はローズがそう言ってくれただけで十分幸せ者だよ〟と言って急いで従魔の住処を出た。

（お父様……もぐもぐ……ずるいですわ……もぐもぐ）

ローズの呟きを背に従魔の住処を閉じた僕は、目的の酒場へと向かった。


「ここか……」

酒場に到着した僕は、ひとまずブランデルホルストには外で待機してもらって、中へ入った。

その瞬間――

「ここは酒場だ、ガキは帰んな」

お決まりの言葉が飛んでくる。

確かに酒場は子供が来るところじゃないけど、一応ここは冒険者ギルドでもあるのだ。

現に依頼の貼られた掲示板が設置されている。カスターニャの町の冒険者ギルドに比べたらかなり小さいけど……

僕は、酒場の騒がしさに負けないように声を張った。

「あの！　教えてほしいことがありまして……ここに冒険者の方はいるでしょうか？」

「なんだガキ、俺たちに依頼か」

酒場の中央に置かれた丸テーブルを囲む四人の男たちが、一斉に僕を見た。

四人とも見た目はいかにも冒険者って感じだけど、魔物の王であるマルコキアスさんに会ったせいか、不思議と怖さを感じない。

僕は物怖《ものお》じすることなく告げる。

「依頼ではないんですけど、聞きたいことがありまして」

「はー、冒険者がタダで情報を渡すわけねーだろ、坊《ぼっ》ちゃんよ」

一人がそう言うと、他の冒険者が声を出して笑った。

情報料が必要ってことか。

僕は店主が立つカウンターの前へと進み、置かれたメニュー表を見て四人分の酒を頼んだ。

「彼ら四人に一杯ずつお願いします」

店主は僕から代金を受け取ると、彼らのテーブルに酒がなみなみと注がれたジョッキを四つ運んだ。

冒険者の一人が〝ほお〟と声を上げる。

「ずいぶんと気前がいいガキじゃねーか。で、何を知りたいんだ」

僕は用意していた質問を向けた。

「ヘリュマントスの山について情報が欲しいんです。できれば、生息する魔物の情報も」

「やめとけ、やめとけ、坊主《ぼうず》が足を踏み入れていい場所じゃねーよ」

四人の冒険者たちは、ゲラゲラ笑いながら酒を一気に流し込む。

うーん、この人たちからは情報をもらえる気がしないな……

まともな冒険者ならこんな荒れたギルドよりも、カスターニャの町に向かいそうだしな。日の高い時間帯から酒場にいる時点で気付くべきだった。

僕はこれ以上いてもしょうがないと思い、酒場を出ようとする。

しかし、冒険者四人のうち二人が、僕を遮った。

「待てよ、坊ちゃん。ずいぶん羽振《はぶ》りが良さそうじゃねーか。もう一杯奢《おご》ってくれねーか」

「俺は酒だけじゃなく飯も頼むぜ」

子供に酒と飯を強請《ゆす》る冒険者って……最低だな。

僕は内心怒りが湧き上がった。

冒険者たちの態度を見かねた店主が、僕たちの間に割って入る。

「お前ら、その辺にしとけ。子供相手にみっともない」

「マスターは黙っててくれ。俺たちは坊ちゃんと話しているんだからよ」

うわー、この人酒臭すぎだよ。

店主の言うことを素直に聞いてくれればいいのに、きっと無理だろうな。

僕はそう考えると、苛立ちを隠さずに言う。

「すみません、どいてもらえませんか？　情報が貰えないなら用はないので」

「ガキ、急いでるんならさっさと金を置いていきな」

そこで、酒場の異変を感じたらしく、ブランデルホルストが中に入ってきた。

ブランデルホルストが纏《まと》う強者の気配に、ギルド内の視線が集まった。

しかし、僕の前にいる男たちは気付いていない。ブランデルホルストがすぐ後ろにいるのに。

テーブルに残っていた残りの二人は、ブランデルホルストの殺気にあてられて、ガタガタと震えていた。一人は酒の入ったジョッキをテーブルの上に落としている。

ブランデルホルストはいつも殺気を抑えているけど、今はよほど頭にきているのだろう。

目の前の冒険者が、僕に掴みかかろうとしたときだ。

「イデェッ」

男の伸ばした腕を、ブランデルホルストが掴んだ。

「何すんだテメェ……」

男は、自分の腕を掴むブランデルホルストを見て表情を一変させる。酔っ払いの赤ら顔が真っ青に変わった。

酔っぱらっていても冒険者だ。

自分とブランデルホルストの実力差を瞬時に理解したみたい。

もう一人の男は腰が抜けてしまい、床に座り込んでいる。

「おじさん、僕らは急いでいるんだ。行ってもいいかな」

僕がそう問うと、ブランデルホルストに腕を掴まれた冒険者は、声を出さずにただ頷いた。

「じゃあ、お邪魔しました。来てくれてありがとう、ブランデルホルスト」

口をパクパクしてブランデルホルストを見つめる冒険者たちを振り返ることなく、僕は酒場を後にした。

✽

グラスゴーの村から山は近くに見えたが、実際歩き始めるとなかなか遠かった。大きすぎて距離感が掴めていなかったようだ。

ヘリュマントスの山までは木が疎《まば》らに生えた森があった。

たびたび狼に似た獣が僕らを遠目で見ては、僕と一緒に歩くドングリの姿にそそくさと逃げていく。

なお、グラスゴーの村では従魔の住処に入っていてもらっていた従魔たちに出てきてもらっていた。

ヘリュマントスの山の麓《ふもと》に到着し、従魔たちと一緒に目の前に聳《そび》え立つ山々をゆっくりと見上げる。

山ってこんなに大きいんだなあ……

実際近くで見ると迫力が凄い。

緑の良い香りもするし。

でも冒険者が村にいた割には、山に人が入った形跡はない。

山の前をウロウロと歩いてみたが、木や草が生い茂っているばかりで、道らしき道もなく先に進むのが大変そうだった。

アリツィオ大樹海はそれほど木も密集してなくて、背の高い草も多くないから歩きやすいところが多いんだけど、目の前の山は人間を拒んでいる感じがする。

草だらけだし、虫も多そうだ。

少し登れば、魔物も増えて獣道くらいは出てくるかな？　ま、ここでいつまでも考え込むより先に進んだ方がいいだろう。

みんなで鉈《なた》を手に、草や木を掃《はら》いながら進んでいく。

山の中に入ってみると、とにかく背の高い草が多く、魔物よりも毒虫や毒蛇への注意が必要な気がした。

僕は、普段はあまり使わない、蛇除けと虫除けの効果のあるお香に火をつけ、腰に吊るした金属製のお香入れに入れた。

お香入れの穴から、強い匂いのする細い煙が漏れ出す。

「あるじ、くさい。これ、おいしいのしも、にげる」

テリアが鼻をつまみながら嫌そうな顔をする。

「どうかな……この匂いが嫌いだとしたら、逆に僕らを山に入れないように襲ってくるかもしれないよ」

僕は嫌がるテリアを見て申し訳なく思いつつ、前向きな意見を言ってみた。

従魔の多くは僕よりずっと嗅覚が優れているから、こういう強い香りは苦手なんだよね。珍しくみんなが僕と距離を取っている。

でも、毒虫や毒蛇に噛まれるよりはましだ。

毒だけならまだしも、感染症を運ぶ虫なんかもいるし、慣れない土地での探索にはより注意が必要になる。

僕らは引き続き、鉈で背の高い草や邪魔になる細い木を掃って奥へと進む。

山を登るほど木は太くなり、木同士の間隔が開いていく。

草丈はどんどん低くなっていった。

（主様、アリツィオ大樹海ほどではないですが、この山からも強い魔力を感じますよ）

レモンは大きな木の根元を触りながら、土地に流れる魔力を探っていた。

僕にはわからないけど、花の精の性質なのか、フローラルとレモンは土地に流れる魔力にとても敏感なところがある。

（ふむ、上に行くほど魔力が濃くなりそうですな）

フローラルもレモンと同じ意見のようだ。

こういった魔力の強い土地には、魔物が棲みつきやすく、ダンジョンもできやすい。

そのため、近くの町や村には、狩りやダンジョン攻略を目当てに冒険者が集まるものなんだけど――この山は人の手があまり入っていない。

近くにアリツィオ大樹海があるため、見落とされているのかもしれない。

もちろん、この土地に住む魔物が人に害を及ぼせば、国や冒険者が動くこともあるんだろうが……

ヘリュマントスの山は、緩やかに高くなっており、最初の草と木の密集した場所を抜けた後は割と歩きやすかった。

ゆっくりと山道を進んでいると、大きな獣道を発見した。

道幅は三メートルほどあり、草や木が折れ、しっかりと踏み固められている。頻繁《ひんぱん》に生き物が通るのだろう。

周囲の木々についた傷は高い位置にあり、かなり大きな生き物が山にいることが推測できる。

道には獣の毛も落ちていた。

猪や熊といった獣の魔物が通った痕だ。

落ちている毛は様々な色や質で、どれも違う特徴をしている。

複数の種類の魔物がいるのだろう。

（お父様、その獣の毛に『鑑定』魔法は使わないんですか？）

いつもなら真っ先に『鑑定』魔法を使う僕が何もしないことに、ローズは首を傾げる。

「うん、今回はアケビとの最後の旅行も兼ねているからね。時間には余裕があるし『鑑定』ですぐに答えを出してしまうよりも、みんなでいろいろ観察しながら進んだ方が、山の謎を解いてるって感じで楽しいだろ。もちろん、食材には『鑑定』を使う予定だよ。毒物を食べたくはないからね」

僕がそう答えると、ローズは妙なことを言い出す。

（わかりましたわ。それなら、誰か一番美味しい今晩のおかずを手に入れられるか、勝負するというのはどうでしょう！）

「えっ……」

ローズの提案に、僕は唖然《あぜん》としたが……

「「おーーー」」

「「ワオオーーーーーーーン」」

僕以外の従魔たちはみんな楽しそうに叫んだ。

今ので魔物に気付かれただろうな……

テリア、ボロニーズ、ドングリ、アケビは特にはしゃいでいるし、他のみんなも概ね賛成のようだ。

これは、僕とブランデルホルストがグラスゴーの村にいたときに、みんなであらかじめ話し合っていたのかもしれない。

ただ、全員バラバラになるとみんな迷子になる可能性もあるし、何かいい方法はないかな……そうだ！

「アルジェント出てきて」

草や木が密集していたため、体の大きなアルジェントは従魔の住処で休んでいた。

そんな彼に、このゲームでみんなが迷子にならないための目印になってもらおうと思ったのだ。

それから僕は、みんながゲームを楽しめるように、ゲームのルールを決めていった。

✿

急遽行うことになった食材確保ゲーム。

僕がアルジェントに乗ってこのあたりの上空に待機するので、必ず僕らが見える位置にいること、あまり遠くには行かないこと、魔力の高い山頂には近づかないことをルールとして定めた。

万が一迷子になってしまったときや、強い魔物と遭遇して応援が必要な場合に備え、白い狼煙《のろし》が出る魔道具を各自に配布した。

以前、ゴブリンへの襲撃作戦で使った魔道具が便利だったので、多めに買っておいたのだ。

個人戦だとそれぞれの位置の把握が難しいので、くじ引きで三つのチームを作る。

ニュトンたちは従魔の住処での作業があり、レッキスとストーンも従魔の住処でダラダラしたいらしいので不参加となった。

チーム分けは次の通りだ。

Aチーム：テリア、ドングリ、ホワイトさん、ブランデルホルスト
Bチーム：ボロニーズ、アケビ、フローラル、レッドさん
Cチーム：レモン、ブルーさん、グリーンさん、ローズ

僕はみんなの方に向き直って声をかける。

「絶対に無理はしないでね。それと、あまり遠くまで行かないように。それじゃあ……よーい、スタート！」

僕の掛け声で、三チームはそれぞれ森の中へと消えていった。


「アルジェント、あんまり高く飛ぶとみんなの姿が見えにくくなるから、高さはこのあたりでお願い」

アルジェントの背中に座った僕は、空から下を眺めていた。

木が邪魔で見えにくい部分も多いけど、山のあちこちに魔物らしき生き物の姿が見えた。

今さらだけど、せっかくアルジェントがいるんだし、今度から新しい場所を探索するときは、こんなふうに空から偵察《ていさつ》した上で動いた方がいいのかもしれないな。

明日の探索のためにも、真面目に山の様子を見ておこう。

そう考えた僕がヘリュマントスの山を観察していたときだ。

何かの気配を感じたアルジェントの体が、一瞬〝ビクッ〟と動く。

僕も遅れてそれに気が付いた。

なんだか見られている気がする……

その視線は、山の頂上付近から向けられているようだ。

ただの勘だけど……

マルコキアスさんと会った後だから、それほど脅威に感じないが、僕らを見つめる存在はかなり力があるみたいだ。

今のところこちらに興味を持って見ているだけって感じかな？

殺気のようなものは感じないし、関わらないで済むならそれが一番だろう。頂上には近寄らないようにしよう。

僕は危険がないことを確認すると、それ以上気にしないことにした。

改めて従魔たちを見下ろせば、ローズも僕に向けられた視線に気付いた様子。かなり不機嫌そうだな……

頂上に単身で乗り込むような真似だけはしないでほしいのだけど。

✽

ルフトがローズのことを心配している頃――

ローズはルフトに向けられた視線を気にしすぎて、魔物への注意が散漫《さんまん》になっていた。

そんなローズを不思議に思ったレモンが、声をかける。

（どうしました、ローズ？　ずいぶんと機嫌が悪そうですね）

（機嫌が悪いというか、少し前からお父様を観察している者がいるのよ。ムカつくわ）

（魔物ですか？　それにしてもあなたは本当に主様が大好きですね）

レモンはため息をついて続ける。

（そういうのって人間たちはファザコンって言うそうよ）

（レモンだってお父様のことは好きでしょう……）

（あなたの好きとは、少し違うかな）

ローズとレモンが言い合いをしていると、ブルーさんが近寄ってきて〝今は周囲に集中して！〟

と二匹に注意をするように体を震わせた。

（ごめんね、ブルーさん。お父様が気になっちゃって……気が抜けてましたわ）

ローズも自分たちを囲む魔物の気配に気付いてスコーピオンを握り直した。

いち早く魔物の気配を察知したブルーさんとグリーンさんは、すでに武器を手に構えていた。

(気を抜きすぎましたね。完全に囲まれてしまったようです。反省は周りの魔物を片付けてからにしましょう)

レモンが上に生い茂る木々に向かって、眠りの魔法『スリープミスト』を唱える。抵抗に失敗した五匹の猿みたいな魔物が、木の上から次々と落ちてきた。

落ちる仲間に気を取られて顔を出した魔物の額に、グリーンさんが放ったクロスボウの矢が突き刺さる。

さらに一匹の魔物が地面に落ちた。

「「「フォッフォッフォッフォッフォーーーー」」」

魔物たちは木々を揺らし、甲高い声で一斉に叫ぶ。

レモンとローズは、魔物のけたたましい叫び声に思わず顔をしかめて耳を塞いだ。

植物ダンジョンのボス、デーモンソーンの叫びは精神干渉系の効力を持っていたが、それと同じ類《たぐい》のものらしい。

牙を剥いた猿たちは、木の上から次々と飛び降りて襲いかかってくる。

叫び声に耐性のあるブルーさんが前に出て、木の上から降り注ぐ魔物たちを大きな盾で殴り飛ばしていく。

グリーンさんはクロスボウを仕舞うと、代わりにダガーを取り出して、ブルーさんが地面に叩きつけた魔物にとどめを刺していく。

結局ローズたちのCチームは、叫び声と魔物の数に一時的に押されはしたが、ローズとレモンが戦いに復帰したことで逆転した。

✽

僕は魔物の鳴き声が聞こえてから、Cチームの様子を見ていた。

魔物の発した雄叫《おたけ》びは一時的にローズとレモンの動きを止めたが、ブルーさんとグリーンさんの奮闘《ふんとう》で無事乗り越えたようだ。

魔物が使った雄叫びもデーモンソーンに比べれば効果は弱く、向こうの奇襲《きしゅう》が失敗した時点で勝負は見えた。

山頂から感じるあの視線は今も続いている。みんなが魔物を殺した今も、僕に対して殺意を帯びることはなかった。

本当に何が目的なんだ……？

＊

一方、Aチームのテリアたちは、今回の目的の一つ、美味しい果物が複数生えた場所に近づいていた。

どうやら美味しい果物とは柿のことだったようだ。

柿の木はヘリュマントスの山以外の周囲の森にも生えているようで、グラスゴーの村のお土産店の饅頭にも使われていた。

ただ、ヘリュマントスの山の柿は土地の魔力の影響を受けるのか、グラスゴーの村で売っていたものより大きくて立派に見えた。

「やった、かき、はっけん」

テリアは柿の木を見つけて嬉しそうに走り出す。その後にブランデルホルストと背中にホワイトさんを乗せたドングリが続いた。

しかし、テリアが柿の木の近くにあった沼の脇を通った瞬間――

沼の中からハサミのような形をした爪が、テリアの足を掴もうと伸びてきた。

透明度が低く、匂いも泥に消されてしまう沼の中に潜んでいたため、ドングリもその気配に気付けなかった。

しかし、テリアの後ろにいたことでドングリはなんとか反応はできた。テリアの足に伸びたハサミのような爪を、口にくわえたダガーで弾く。

「どんぐり、ゆだんした、ごめん」

「ガウガウガウ」

〝気にするな〟とでも言ったのだろうか。

テリアは足を止めると、沼から出てくる魔物に向かって腰に吊るした斧を抜き、戦闘態勢を取った。

柿の木の近くの沼から、泥だらけの大きな蟹が三匹這い出してきた。

沼ダンジョンで見たキラーポートナスに比べると小さいが、それでも二メートル近くはあり、蟹にしてはかなり大きいほうだ。その蟹の茶色い体にはうっすらと苔《こけ》が生え、右手のハサミだけがやたらと大きい。

茶色い蟹は沼から這い出すと横歩きで襲いかかってくる。

しかし従魔たちは、キラーポートナスとの戦いで蟹の魔物との戦いには慣れていた。

歯の通らない硬い殻や皮膚を持つ魔物との戦いが苦手なドングリはいったん下がり、テリアとブランデルホルストが前に出る。

殻の硬さはキラーポートナスに比べれば大したことないようで、ブランデルホルストの一振りで四本の脚を切り落とした。

テリアも負けずに一匹の蟹の足をゴブリンハンマーで砕き、動きを封じていった。

✽

Aチームの戦いは、僕のいる場所から少し距離があって見えにくい。

見たことがない魔物との戦いは見ておきたいのに……何か方法はないかと考える。そのとき、以前雑貨店のメルフィルさんから勧められて買った魔道具のことを思い出した。

僕はアルジェントに話しかける。

「ごめん、アルジェント。ちょっと従魔の住処から道具を取ってくるから動かないでね。動いちゃうと、戻った瞬間に僕が空中に投げ出されちゃうから」

従魔の住処は開いた場所からしか出ることはできない。

そう念押ししてから僕は、アルジェントに乗ったまま従魔の住処の扉を開く。

魔道具を取り出したら急いで戻った。

アルジェントはしっかり言うことを聞いてくれたようで、従魔の住処を開けると目の前にはちゃんとアルジェントの背中があった。

僕が持ち出したのは、『遠目《とおめ》』の魔法がかけられた魔道具〝双眼鏡〟だ。

遠くのものを大きく見ることができる魔道具なんだけど、買ってからこれまで使うことがなく、その存在もすっかりと忘れていた。

今まで使い道が思い浮かばなかったんだけど、やっと性能を試せそうだ。

双眼鏡でテリアたちAチームのいる場所を覗く。

「もう終わっちゃったか……」

テリアたちは三匹の蟹を倒し終え、柿を採り始めたようだ。柿には甘柿と渋柿の二種類があるって、グラスゴーで村人が教えてくれた。

テリアたちもそれを忘れず、味を確認しながら柿の実を採取してくれているみたいだ。

今のところ食材探しはAチームがリードしている。

Bチームのみんなはどこだろう？

僕は双眼鏡を使って周囲を探した。

お、いたいた……Bチームはボロニーズを先頭に食材を探して進んでいるな。

Bチームの進む先には大きな蜘蛛の巣がある。もちろん普通の蜘蛛ではなく、そこにいるのは大きな蜘蛛の魔物たちだろう。

（お父様、お父様）

僕がBチームのみんなの行動を観察していると、ローズから念話で声をかけられた。

下を見るとさっき戦っていた猿のような魔物の死体を引きずりながら、Cチームのみんなが戻ってきていた。

僕はアルジェントに声をかける。

「アルジェント一回下りてくれないか。Cチームのみんなが獲物を持ってきたみたいなんだ」

地面に下りると、アルジェントにはみんなの目印になってもらうためにすぐに空中に戻ってもらった。

「何かあったら教えてね」

アルジェントに向かって僕は大声で叫んだ。

改めてローズの方を振り向くと〝こんなにいっぱい倒しましたわ〟と言わんばかりに、彼女は腰に手を当てて胸を張る。

その顔には〝好きなだけ褒めてください、お父様〟と書いてあるように見えたので、僕はローズの真っ赤な髪の毛を優しく撫でた。

「頑張ったね、お疲れさま」

（このくらい当然ですわ。で、どうでしょうか？　私たちの獲物は）

「すぐ確認するね。レモン、手に抱えたそれは？」

僕はレモンに質問を向ける。

（キノコです。肉だけじゃ栄養が偏《かたよ》りますから）

レモンは色とりどりのキノコを採ってきてくれたみたいだ。

『鑑定』を使うと、さすがに妖精だけあって毒キノコは一本も交ざっていない。どれも肉厚で美味しそうなキノコだ。

ローズたちが倒した猿の魔物は尻尾が長く、口が尖っていた。首の周りだけ、襟巻《えりまき》のように赤い線が入っている、
魔物の死体に『鑑定』の魔法を使った。

【アカエリマキオオキツネザルの死体】
特徴：筋肉の多い肉は硬い。食用には不向き。

僕はちょっと苦笑いしながら、ローズに『鑑定』の結果を伝える。

「食用には向かない魔物みたいだね……魔石だけ取り出して死体は穴を掘って埋めようか」

（そんな……食材にはならないんですね。もう一度行ってきますわ）

ローズは、そう言うともう一度狩りに行こうとする。

「ローズ、そろそろ日も暮れ始めるし、今日はここまで……ね？」

しょんぼりするローズをなぐさめてから、僕は魔石を取り出しにかかる。

魔石を取る係と死体を埋める係に分かれてみんなにも手伝ってもらいながら、作業を続けた。


しばらくするとAチームのみんなも帰ってきた。

「あるじ、たいりょうだぞー」

遠くから大声で僕たちに手を振るテリア。

テリアとブランデルホルストで三匹の大きな蟹を引きずり、ドングリの背中に乗ったホワイトさんは体を変形させて、たくさんの柿を抱えていた。

「本当に大量だね」

僕はAチームのみんなに近寄ると全員の頭を撫でた。

「えーちーむ、ゆうしょうきまり」

「どうかな？　Bチームのみんながまだ戻らないからね」

早速みんなが持ってきた蟹の魔物を『鑑定』する。

【マウンテンクラブの死体】
特徴：山に棲む大型の蟹の魔物。爪の部分が特に美味。鍋料理に最適。

これは、夕飯のメニューも決まりかな。

キノコもあるし、今日はこれにカイランを加えて鍋を作ろう。

後はBチームの到着を待つだけだ。

鍋で食べるために、みんなでマウンテンクラブの実を食べやすい大きさに切っていく。調理の下準備をしているうちに日は少しずつ落ち始めた。

それでもまだBチームのみんなは戻らない。

「少し遅いな……」

鍋の仕込みはグリーンさんとホワイトさんにお願いして、僕は残りのみんなを迎えにいくことにした。

✽

Bチームを探しに行くため、僕とテリアとローズはアルジェントの背中に乗っていた。

他のみんなには一度従魔の住処に入ってもらっている。

今日は暗くなっても動けるように、僕とローズの腰には灯りを点けた魔道具のランタンが吊るされている。

僕は空から森を見渡した。

日が完全に落ちてしまい、どこに何があるのかもわからない。

いったん地上へと下りると、従魔たちにも協力してもらってBチームのみんなを探す。

ドングリが吠えると、それに応じるようにアケビの声が森の奥から返ってきた。

Bチームがいる場所は近いみたいだ。アケビの声を聞いて急ごうとする僕だったが、ドングリが魔物の接近を知らせてきた。

ドングリの背中に跨ったレモンも警戒している様子だ。

〝がさごそ〟と無数の生き物が這うような音が森の中から聞こえてくる。

そのとき、木の間から一メートル前後の緑色の蜘蛛が複数近づいてくるのが見えた。Bチームのみんなが向かった蜘蛛の巣の主だろう。

「レモン、向こう側にボロニーズたちがいる可能性があるから、攻撃魔法を使うときは気を付けて。ドングリはレモンを守りながら支援よろしく」

僕は向かってくる蜘蛛を、レッキスの角で作ったショートスピアでどんどん倒していく。

この程度の蜘蛛相手にボロニーズたちが後《おく》れを取ることはないと思うし、なぜBチームのみんなが戻ってこないのかがわからない。

「ローズとブランデルホルストは、Bチームのみんなが気になるから先に進んで！　残りのみんなは僕と一緒に引き続き蜘蛛退治だ」

Bチームのみんなはローズとブランデルホルストに任せておけば問題ないと思う。僕はここで蜘蛛の数を減らすことに集中だ。

それにしても数が多すぎないか……倒しても倒しても蜘蛛は次から次へと湧いてくる。

いったい何が起きてるんだ……？

✽

ルフトたちが戻らないボロニーズたちを探しに出ていた頃、当のボロニーズたちBチームは、蜘蛛の巣を壊しているところだった。

蜘蛛の魔物の巣は、捕まえてきた獲物の保管場所であり、かつ蜘蛛たちの出産場所だったみたいだ。

ボロニーズたちは、そんな蜘蛛の巣に捕らえられていた生き物を見つけて救おうとした。

しかし、この山に生息する蜘蛛たちは群れを作る特殊な性質を持ち、ボロニーズたちが突っついたのは、その中でも特に大きな蜘蛛たちの住処だったらしい。

一匹一匹の蜘蛛は弱いが、数が多い。おかげでBチームのメンバーはルフトとの約束の時間に戻れずにいた。

フローラルが呆れと疲れをはらんだ声を出す。

（蜘蛛の数が多すぎだわい。全然減らんぞ）

「うん、あまくみてた、あるじおこるかな」

ボロニーズは時間に戻れなかったことをルフトに怒られないか、心配しているみたいだ。

フローラルが安心させるように言う。

（大丈夫じゃろう。主様は捕まっている生き物を助けようとしたボロニーズの気持ちをわかってくれるはずだ）

「うん、おいらも、そうおもう。ふろーらる、ありがとう」

Bチームが一向に減らない蜘蛛たちに苦戦していると、遠くからドングリの声が聞こえてきた。

それに応えるようにアケビも吠える。

「あるじたち、きた」

ボロニーズの足元には、蜘蛛の巣から助け出した、五十センチ前後のダンゴムシに似た艶々《つやつや》した生き物が複数固まっていた。

蜘蛛を倒しながら進んでいたローズとブランデルホルストが、ボロニーズたちに合流するのにそう時間はかからなかった。

(お父様が心配しているのに何をゆっくりしているんですか、あなたたちは)

「あっ、ろーず、ぶらんでる」

(あっ、じゃありませんよ、まったく……その足元の虫はなんですか?)

「これ、てきじゃない。くものすからたすけた」

(それを助ければいいんですね。さっさと終わらせて戻りますわよ)

Bチームに合流したローズとブランデルホルストは、一緒になって蜘蛛の巣を壊しながらダンゴムシに似た生き物を助け出していった。

✽

僕が合流する頃には、ボロニーズたちも大きな蜘蛛の巣を壊し終えた後だった。

Bチームのみんなは、虫を助けるために蜘蛛の巣を攻撃し始めたものの、蜘蛛の数が多くて帰れなくなってしまったらしい。

今ボロニーズの足元に群がっているダンゴムシのような生き物が、今回彼らが救出した虫たちだ。

「あるじ、このこたち、くものにつかまってた。たすけた」

「この虫を助けていて遅くなったんだね。お疲れさま」

「あるじ、おそくなって、ごめんです。テリにぃも、みんなも、ごめん」

ボロニーズが頭を下げると、一緒にいたアケビ、フローラル、レッドさんも頭を下げた。

(すまんのう、主様。心配をかけてしまって)

「くぅーん……」

フローラルとアケビも〝ごめんなさい〟と何度も頭を下げた。

レッドさんも体の中から黒板を取り出して〝ごめんなさい〟と文字を書く。

僕は事情がわかってほっとしたものの、一応注意しておいた。

「本当に心配したんだよ。次からは動く前に僕にも相談してほしいな」

「わかった、つぎから、あるじに、そうだんする」

助けた虫たちは、ボロニーズたちにだいぶ懐いたみたいで、別れるときに何度も体を曲げてお礼を言っているようだった。

このダンゴムシ、賢いな……ただの虫ではないんだろうな、きっと。

虫を助けたボロニーズたちはとても満足げだし、とりあえず万事オッケーかな。

疲れていた僕は、アルジェントに乗っているときに感じた、視線のことなどすっかり忘れて、周囲の確認をきちんとせずに従魔の住処の中に戻った。

第四章　魔物の王イポス

従魔の住処に入ると蟹鍋の美味しい香りが漂《ただよ》ってきた。グリーンさんとホワイトさんが夕飯の準備をして待っていてくれたようだ。

食材探しゲームの優勝はAチームだったけれど、他のみんなにとってもとてもいい経験になったのではないだろうか？

そんな忙しい一日の疲れに、グリーンさんとホワイトさんが作ってくれたキノコがたっぷり入った蟹鍋はとてもきき、体を温めてくれた。

しかし、夕食の楽しいひとときの中、不意にそれはやってきた。

〝ドンドン……ドンドン……〟と外から従魔の住処を叩く音がする。

外からこの空間に触れることはできないはずなのに、どうして……

従魔のみんなも、それぞれ緊張した面持ちで武器を手に取った。

そして従魔の住処の扉は、無理矢理こじ開けられた。

そこにいたのは、黒色に金色の糸で刺繍《ししゅう》が施された豪華なローブを羽織った男。

黒いローブの男が従魔の住処に入ると、それに合わせて外と繋がっていた扉も閉じた。

僕の従魔の住処の扉を開け閉めできるのは、僕だけだと思っていた。それが破られたことに、ただただ愕然《がくぜん》とする。

黒いローブの男は、その場所からは動かず、興味深そうに部屋の中をぐるっと見渡した。

そして僕の顔を見つめる。

「君らと戦いに来たわけではないんだ。どうか武器を収めてくれないだろうか？　私はただ話をしに来ただけなのだから」

男はそう言うと、両手を上げて武器を持っていないと改めて主張した。

それでも、僕もみんなも〝はい、そうですか〟と武器を放すことはできなかった。

急に自分の家に見知らぬ人が入ってきて、何もしないので信じてくださいと言われても、信じる人はいないと思う。

「あの……急に現れて話をしに来たと言われても……」

僕の言葉を聞いたみんなも〝うんうん〟と肯定して首を縦に振った。

普通はそう思うよね。

「ん？　ノックして入れば問題ないと聞いていたのだがな……」

男は不思議そうに首を捻る。

目の前の男はどこかずれている。

「ノックしたとしても、相手が許可しないのに入るのは違うっていうか……」

僕も上手く言葉にできない。

「そういうものなのか。姿形を人間に変えればなんとかなるかと思ったんだけどな。上手くいかないものだ」

このローブの人、平気で自分が人間でないことをバラしたぞ。でも魔物だとしても、ここまで完璧に人間に化けられるものなのか？

どんどん嫌な予感が増していく。

ひとまず僕は名乗ってみることにした。

「まあ、いいです。僕はルフトって言います。あなたはどんな魔物で僕になんの用があってここに来たんですか」

黒いローブを着た男が、凄く驚いた顔で僕を見た。

「なぜ私が人間じゃなく、魔物だとわかったんだ……君は？」

「さっき自分で姿形を人間に変えたって話してましたよ。それに質問に質問で返さないでください」

「そうか、自分から明かしてしまっていたか」

黒いローブの男は、少し抜けているところはあるけれど悪い人ではなさそうだ。この会話すべてが僕にそう思わせるための計算だとしたら、かなり怖いけれど。

「私も名乗らないといけないね。私の名前はイポス。君がこの山に入ったときから観察していた者さ」

どうやら、この人が山の頂上から僕をずっと見ていた犯人らしい。

「それと、君の従魔が僕の眷属を救ってくれたようでね。そのお礼を言いに来たんだ」

そう言った男のローブの袖口から、ボロニーズたちが蜘蛛から救ったダンゴムシのような魔物が数匹這い出てくる。

大きさを考えるとローブに収まるとは思えないし、目の前の男も僕と同じ従魔の住処のような能力の持ち主なのだろうか？

そう考えると、僕の従魔の住処の存在に気付いたことに説明がつくかもしれない。

それよりもこの黒いローブの男は、あのダンゴムシに似た魔物を自分の眷属と呼んでいたような……

最近もどこかで眷属って言葉を聞いた気がする。

どこだったろう……ああそうだ。

確かマルコキアスさんが、魔物の王と眷属以外の者が縄張りに入ればわかるとかなんとか言っていた。

もしかして……

「あの、眷属を連れているってことは、イポスさんも魔物の王なんて呼ばれていたりするんでしょうか？」

僕が質問を向けたとき、イポスさんの表情がとても鋭くなったような気がした。殺気ではないけれど、醸《かも》し出す雰囲気が明らかに変わったのだ。

今のではっきりしたことがある。

マルコキアスさん同様、イポスさんには僕たち全員で勝負を挑んだとしても絶対に勝てない。

「ほお……人の口から魔物の王という言葉を聞くとは思わなかったよ。君は私以外の魔物の王とも会ったことがあるのかな？」

イポスさんは、そう言って僕をじっと見つめる。

魔物の王について僕が知っていることは少ない。

果たして、マルコキアスさんの名前を軽々とここで出してもいいのだろうか？

マルコキアスさんはアケビの夫になる魔物だ。

つまり僕の義理の息子のようなもの。

もし僕がマルコキアスさんの名前をここで出して、彼になんらかの悪い影響が及ぶとしたら、それはアケビの幸せを壊すことになるかもしれない。

僕が躊躇《ためら》っているのを感じたらしい。

イポスさんは態度を軟化させた。

「すまない、聞いてはいけない話だったかな。無理して言う必要はないさ。私は君の言う通り、魔物の王と呼ばれる者の一匹だ。君は魔物の王の力についても知っているんだろう。それは君たちが武器を収める理由にはならないのかい？」

「確かに……武器を向けただけで殺されるのは嫌ですね」

魔物の王の力は強大だ。

先ほど感じ取った雰囲気からも敵対は避けた方がいい。

僕はみんなにも武器を仕舞うように伝える。

従魔たちもイポスさんの一瞬の変化を感じていたんだろう、僕の言葉に従ってそれぞれが武器を下ろした。

「さて、改めて言わせてほしい。今回は私の大切な眷属たちを救ってくれてありがとう」

イポスさんは深々と僕たちに頭を下げた。

今回の彼の目的は、眷属たちを助けてくれたお礼だけじゃなく、僕とも話をしてみたかったからだと、包み隠さず言ってきた。

イポスさんが僕に興味を持ったように、僕もイポスさんがなぜ従魔の住処に入れたのか気になっていたし、僕は彼のこの申し出を受けることにした。

✽

今イポスさんは僕たちと同じテーブルを囲み、目の前の蟹鍋に手を伸ばしている。

僕らが一緒に食事を取ることになったのは、イポスさんが調理したものを食べたことがないと言っていたからだ。

魔物は相手を殺した後にそのまま生で噛りつくイメージがあるし、人間のように食材を調理する習慣はないのだろう。

鍋を一緒に食べるとお互いの距離感が縮まるというのは僕の考えだ。

魔物相手でも有効だったようで、この食事でイポスさんとの距離が一気に縮まった気がする。

当のイポスさんは蟹鍋が熱いのか、はふはふしながら食べているよ。食いっぷりをみると、相当気に入ったみたいだ。

「あの蟹、こんなに美味かったのか……でも私は料理できないしな。なあ、ルフト。そのスライムを私にくれないか？」

「イポスさん、口にものを入れて喋るのは行儀が悪いですよ。それにブルーさんもレッドさんもグリーンさんもホワイトさんも僕の大切な家族なんですから、ものみたいに言わないでください」

僕が頬を膨らませると、イポスさんは頭をかきながら謝ってきた。僕の出会う魔物の王様は腰の低い人が多いようだ。

「いやーすまない。君にとってスライムたちは家族だったね。ただ行儀については諦めてくれ。この体にまだ馴染んでいないんだ。それに人間のルールもわからないしね。君だって私の本当の姿を見たいってわけじゃないだろう」

「本当の姿は怖そうなので遠慮します」

イポスさんが人の姿になるのは今日が初めてだそうだ。

にもかかわらず、こんなに精巧《せいこう》に人に化けてしまうんだから、魔物の王がとんでもない力の持ち主だということがわかる。

人の姿になってまでわざわざ会いに来てくれたんだし、気持ちはありがたく受け取っておこう。

今のイポスさんは、大きな蟹の身に噛りつくたびに、グリーンさんとホワイトさんの料理の腕を絶賛する人のよいおじさんにしか見えないしね。

ふいにイポスさんが質問を向けてくる。

「ところでルフトは、こんなところへ何しに来たんだ？」

「結婚式の料理に出すのに、この山にいる猪の魔物を探しに来たんです」

「ほお、結婚式か……その習慣は聞いたことがあるな。それより猪料理も美味しそうだ。私も食べたいな。ただ、そう簡単にヘリュマントスの山からは離れられないし……残念だな」

イポスさんは、結婚式を料理を食べるイベントだと勘違いしていそうな気がする。

僕は蟹を食べ続けるイポスさんに尋ねた。

「あの、この山の猪を狩ってもいいでしょうか？」

「ああ、好きにするといい。狩り尽くさなければ問題はないしな。それに猪は私の眷属ってわけでもない」

よし、これで気兼ねなく猪を狩ることができる。

僕は頭の中で今後の計画を立てながら、自分も蟹を頬張った。

食事の後もイポスさんとはいろいろな話をした。

ちなみに彼によれば、ボロニーズたちが助けたダンゴムシに似た魔物たちはまだ子供だったようだ。

成体は二メートルを超える体長で、殻が磨き上げられた鏡のような銀色。

とても綺麗だった。

そんな綺麗な生き物を見ていたら、イポスさんが〝うちの眷属の殻はとても丈夫でね。魔法も効かないし、並みの武器では傷をつけることすらできない最強の盾なんだよ！〟と親バカのように自慢してきた。

「こいつはソウコウムシという種族でね。こう見えてとても強い魔物なんだ……」

イポスさんの眷属自慢は止みそうもない。

そんなに強い魔物の子供たちなら、ボロニーズたちが助けなくても、自分でなんとかしていた気もするけど……

まあ、イポスさんは喜んでいるから別にいいか。

彼は魔物の王についても様々なことを教えてくれた。

魔物の王たちは、世界各地の魔力の豊富な土地に暮らしていて、王同士はお互いができる限り干渉しないように距離を取っているそうだ。

〝私たちが本気で戦ったら、あたり一面焼け野原になっちゃうからね〟と物騒な話も織り交ぜてくる。

ただし、アリツィオ大樹海のような魔力の豊富な土地では、魔物の王同士の縄張りを巡る争いがあるという。

争いの多い土地だけに、アリツィオ大樹海には残虐《ざんぎゃく》で好戦的な魔物の王が多く集まっているのだとか。

そんな理由から、イポスさんにも深域には近づかない方がいいと言われてしまった。

「もちろん、冒険者がどういう者なのかはわかっているつもりだ。ルフトには死んでほしくはないが、絶対入るなとは言えないな」

イポスさんの言葉に頷きながらも、僕は気になったことを聞いた。

「その口ぶりだと、僕以外の冒険者とも会ったことがあるんですか」

「会ったというか遠くから眺めただけさ。ルフトたちと同じようにヘリュマントスの山に来る冒険者たちは案外いるんだよ。ただ、そのほとんどが魔物たちに殺されてしまうか、諦めて山を下りるかのどっちかなんだ。私の興味をひくところまでは至らないのさ」

そう話すイポスさんの顔は、少し寂しそうだった。ずっと話し相手が来るのを待っていたのかもしれないな。

僕は重ねて質問する。

「魔物の王は、七十二個の名前を称号として奪い合うとも聞いたんですけど……」

「そういうこともあるね。ただ、魔物の王に挑めるほどの力のある魔物が生まれるのは、奇跡に近い。私は魔物よりも、欲におぼれた人間の方が怖いよ」

〝あくまでこれは例え話だが〟と前置きしてイポスさんは語った。

魔物の王が棲みついた土地は、その土地自体が持つ魔力の質が上がり、農作物はたくさん実り、そこに生息する生物の生命力も高くなる。

もし人が魔物の王を捕らえられれば、その力を利用して一国を築き上げることも容易だとイポスさんは言った。

ただ、魔物の王を生きたまま捕らえることができる人間がいるとは考えられないとも、付け足した。

「もちろん、どんなことにも絶対はないからね。ここ数百年で急に不自然な繁栄《はんえい》をした国や町があれば、魔物の王が捕らえられている可能性も疑った方がいいかもしれないよ」

イポスさんの話を聞いて僕は、急激に力をつけたという一つの国の噂を思い出した。でもそのことは話さなかった。

まだイポスさんを全面的に信頼したわけではない。

彼はにこにこしながら聞いてくる。

「他に何か聞きたいことはあるかい。今日は機嫌がいいんだ」

お言葉に甘えて、僕はもう一つの疑問をぶつけた。

「あの、先ほどイポスさんのローブから大きなソウコウムシさんが出てきましたが、イポスさんも僕のように従魔の住処を持っているんでしょうか?」

「持っていないよ。私の力は単なる召喚魔法さ。眷属限定のね」

なるほど。

「そうだったんですね……僕と同じような力を持っているから従魔の住処の扉を開くことができたと思い込んでいました」

「ふむ、ルフトは私がどうやってここに入れたのか不思議に思っているんだね?」

僕は素直に頷いた。

イポスさんは、従魔の住処に入れたのは、君の注意が足りなかったからさ、と教えてくれた。

こういった異空間を生み出す魔法の多くは、入り口の位置さえ正確に知ることができれば、こじ開けるのは難しくないらしい。

自分より魔力の低い者が生み出した空間限定、という縛りはあるそうだが。

反対に正確な扉の位置がわからなければ、どんなに力のある魔物でも開けられないため、これからは入り口の場所には気を付けるように注意されてしまった。

確かに今回は、僕の注意が足りなかったのが原因だ。

これからは気を付けよう。

今回のイポスさんとの話で、僕はまた一つ自分の故郷の秘密に近づいた気がする。きっかけは、イポスさんが僕の力が人にしては規格外のものだと話したことだった。

僕はそこでイシザルの長老から聞いた〝魔物の力を混ぜ合わせる〟という話を思い出した。

あくまで可能性の一つだが、僕は小さいときにエントの珪化木の粉を呑まされて、記憶を代償《だいしょう》になんらかの力を得た可能性があるのではないか。

そのことをイポスさんに話すと……

「エントの墓場からエントの珪化木を盗んだ魔物の王か……私たちの間でも有名な話だね。本来、魔物を別のものへと改造する行為は禁じられている。あの王はそれを破った。もし、今度はそれを人間で試そうとしているのなら、私はあれを軽蔑《けいべつ》するだろうな」

イポスさんは、じーっと僕の顔を見た。

「言われてみればルフトからは、あれの匂いが微かにするな……ルフト、君はまだこの山にいるんだろう？　その間に私が調べてみよう。ただ期待はするなよ」

イポスさんには、対象の過去と未来の一部を見る力があるらしい。

僕についてどこまで見ることができるのかはわからないが、後日調べてくれることになった。

もちろん、その能力も絶対ではないので、期待するなと言っていたわけだけど。

イポスさんは明日の夕飯分は働くとも言って帰っていったので、少しは期待して待つことにしよう。

……というか、明日も食べに来るんだね。

まあ、料理を気に入ってもらえたようでよかったよ。

✽

イポスさんを見送った後、僕は自分のベッドに飛び込んで大の字に寝そべった。リラックスして頭の中を整理したかったのだ。

イシザルの長老に会い、エントの珪化木とそれを盗んだ魔物の王の話を教えてもらった。

あの話を聞いて以来、本当に僕の体の中にも、何かしら他の生き物や魔物の力のようなものが入っているのだろうかと、ずっとモヤモヤしている。

魔物の王の話も最初は半信半疑だったものの、マルコキアスさんとイポスさんと出会って本当に存在するものだということもわかった。

「ああ、もう……」

僕は自分の髪の毛をぐちゃぐちゃにかき乱す。

これは考えが追いつかなくなるとやってしまう僕の癖だ。〝情報が多すぎだよ〟と小さく愚痴《ぐち》る。

僕はうつ伏せになり、枕に顔を沈ませた。

（主様、お疲れですな）

顔を上げて横を見ると、ベッドの上にフローラルが立っていた。

「心配かけてごめんね……最近いろいろありすぎて、僕がこれから何をしたいのかわからなくなっちゃって」

今は誰かに愚痴を聞いてもらいたかったのだと思う。

（主様は、これからどうなさりたいのですかな）

フローラルが質問を向けてくる。

僕は起き上がってベッドの上で膝を抱えて座った。膝の間に顔を落とす。

僕は何がしたいのかな……？

「僕はフローラルに出会うまで、従魔が一匹もいなくて……役立たずのテイマーだとみんなから言われてきたんだ。もちろんそう言ったのは他の冒険者たちで、肉屋のフラップおばさんや道具屋のキーリスさん。雑貨店のメルフィルさんに防具作りの師匠のハンソンさん、冒険者ギルドのイリスさんやセラさん。優しくしてくれる人もたくさんいた。冒険者がダメなら町で仕事を探して、働きながら暮らしていくのも悪くないかなって思っていたんだ」

フローラルは静かに、そして真剣に僕の話を聞いてくれていた。

その目はまっすぐに僕を見ている。

「でもね……冒険者は諦めたくなくて、それでも僕には何もなくて……そのとき、フローラルに出会ったんだ。嬉しかったな……冒険者を続けていけるかもしれないって思えたから。そしてみんなと出会った」

いつの間にか、僕のベッドの周りには従魔たちがみんな集まっていた。

(お父様は、これからどうしていきたいんですか?)

フローラルと同じ質問を、もう一度ローズが聞いてきた。

「立派な冒険者になりたいよ。でも、それ以上にいろいろな魔物や生き物をこの目で見てみたい」

「きょうりゅう、なかま、する?」

ボロニーズがワクワクした顔で僕を見た。

「うん、いっぱい大きな恐竜を仲間に……家族にしよう」

「やった」

テリアとボロニーズが嬉しそうに抱き合いながら、飛び跳ねる。勢いで変なことを口走ったかもしれないな……

(従魔を、家族を増やすのが一番の目標なんですか?)

そう聞いてきたのはレモンだ。

僕は彼女に答える。

「小人の村で思ったんだ。ファジャグル族やイシザルたちにストーンゴーレムたち。今はみんなが仲良しだよね」

（そうですね、全ては主様が繋いだ縁だと思います）

レモンは僕をしっかりと見つめて言った。

そのストレートな言葉に僕は少し照れてしまう。

「そうだったら嬉しいな……僕はもっと様々な種族がなんの垣根もなしに一緒に暮らせる場所を作りたいんだと思う」

僕の顔をみんなが見ている。

ホワイトさんが黒板を取り出し〝魔物もですか？〟とチョークで書いた。

「うん、魔物も一緒がいいな。でも、全ての種族が一緒にってのは無理だと思う。イポスさんも言っていたけど、特に人族は、人間は強欲だから」

人は欲深い生き物だ。

僕だってできれば美味しいものを食べたいし、ふかふかのベッドや似合わないかもしれないけどピカピカの鎧が欲しい。

人には必ず欲がある。

目の前に無抵抗な魔物がいたら、それを殺して自分のものにしようと考える人は必ずいるだろう。

だから無理はしない。

仲良くなれる種族だけに声をかけよう。

先日新しく得たスキル『従魔師の同盟』が、どのような効果をもたらすのかはいまだによくわからない。

でも、このスキルの同盟下にある小人たちファジャグル族やイシザルたちは、お互い仲良くなろうと手を取り合う努力をしている気がする。

(主様ならきっとできますぞ)

(お父様なら、大丈夫です)

「「あるじ、がんばろう」」

「ガウガウ」

「クークー」

みんなが口々に、それぞれの言葉で一緒に頑張ろうと言ってくれた。

そのためにも、まずは自分のことを知ろう。

もし僕の中に他の種族の何かが混ざり込んでいるのなら、それがどういうものなのかを、まずは知らなければならない。

万が一僕自身が暴走してみんなを傷つけるようなことは、絶対にしたくない。

そして、もし僕と同じように他の生き物の一部を取り込んでしまい、おかしくなってしまうような人がいれば、僕は助けたい。

アリツィオ大樹海の未開の地の探索に加えて新たな目標ができた僕は、最初に何をするべきかをみんなと話し合うのだった。

気ままなおっさんの異世界ぶらりファンタジー、開幕!

神様のミスで、異世界に転生することになった四十路のおっさん、憲《のり》人《と》。お詫びにチートスキル9個を与えられ、聖獣フェンリルと大精霊までお供につけてもらった彼は、この世界でしか味わえない魔物グルメを楽しむという、ささやかな希望を抱く。しかし、そのチートすぎるスキルが災いし、彼を利用しようとする者達によって、穏やかな生活が乱されてしまう!?　四十路のおっさんが、魔物グルメを求めて異世界を駆け巡る!

◆定価：本体1200円＋税　◆ISBN：978-4-434-27773-3　◆Illustration：蓮禾

ネットで話題沸騰！
アルファポリスWeb漫画
面白い漫画が毎週読める!!
アルファポリスCOMICS
原作 柳内たくみ 漫画 竿尾悟
ゲート GATE 自衛隊 彼の地にて、斯く戦えり
原作 あずみ圭 漫画 木野コトラ
月が導く異世界道中
原作 雪塚ゆず 漫画 紗月なびこ
追い出されたら、何かと上手くいきまして
OIDASARETARA NANIKATO UMAKUIKIMASHITE
原作 寺尾友希 漫画 雨理ユウ
レベル596の鍛冶見習い
原作 さとう 漫画 小田山るすけ
大自然の魔法師アシュト、廃れた領地でスローライフ
原作 まはぷる 漫画 トミイ大塚
巻き込まれ召喚!? そして私は『神』でした??
人気連載陣
● THE NEW GATE
● 居酒屋ぼったくり
● 素材採取家の異世界旅行記
● 異世界ゆるり紀行 ～子育てしながら冒険者します～
● いずれ最強の錬金術師?
● 追い出された万能職に新しい人生が始まりました
● 勘違いの工房主
and more...
原作 椎名ほわほわ 漫画 六堂秀哉
とあるおっさんのVRMMO活動記
原作：金斬児狐 漫画：小早川ハルヨシ
Re:MONSTER リ・モンスター
選りすぐりのWeb漫画が無料で読み放題！
今すぐアクセス！ アルファポリス 漫画 検索
アルファポリスアプリ スマホでも漫画が読める！
App Store/Google play でダウンロード！

この作品に対する皆様のご意見・ご感想をお待ちしております。
おハガキ・お手紙は以下の宛先にお送りください。

【宛先】
〒 150-6008 東京都渋谷区恵比寿 4-20-3 恵比寿ｶﾞｰﾃﾞﾝﾌﾟﾚｲｽﾀﾜｰ 8F
（株）アルファポリス　書籍感想係

メールフォームでのご意見・ご感想は右のＱＲコードから、
あるいは以下のワードで検索をかけてください。

アルファポリス　書籍の感想　検索

ご感想はこちらから

本書は、「アルファポリス」（https://www.alphapolis.co.jp/）に掲載されていたものを、
改題・加筆・改稿のうえ書籍化したものです。

落《お》ちこぼれぼっちテイマーは諦《あきら》めません２

たゆ

2020年 8月 31日初版発行

編集－今井太一・芦田尚・宮坂剛
編集長－太田鉄平
発行者－梶本雄介
発行所－株式会社アルファポリス
〒150-6008 東京都渋谷区恵比寿4-20-3 恵比寿ｶﾞｰﾃﾞﾝﾌﾟﾚｲｽﾀﾜｰ8F
TEL 03-6277-1601（営業） 03-6277-1602（編集）
URL https://www.alphapolis.co.jp/
発売元－株式会社星雲社（共同出版社・流通責任出版社）
〒112-0005東京都文京区水道1-3-30
TEL 03-3868-3275
装丁・本文イラスト－スズキイオリ
装丁デザイン－AFTERGLOW
印刷－中央精版印刷株式会社

価格はカバーに表示されてあります。
落丁乱丁の場合はアルファポリスまでご連絡ください。
送料は小社負担でお取り替えします。

ISBN978-4-434-27786-3 C0093